생각하는 방법을
잃어버린 날

생각하는 방법을 잃어버린 날

초판 1쇄 인쇄 2025년 7월 21일
초판 1쇄 발행 2025년 7월 25일

지은이 · 김단아, 문석주
펴낸이 · 김경옥
디자인 · 류요한
펴낸곳 · 도서출판 온북스

등록번호 · 제 312-2003-000042호
등록일 · 2003년 8월 14일
주   소 · 서울시 은평구 통일로82가길 4-7
전   화 · 02-2263-0360
팩   스 · 02-2274-4602

ISBN · 979-11-92131-35-1 03810

잘못 만들어진 책은 교환해 드립니다.
이 출판물은 저작권법에 의하여 보호받는 저작물이므로
무단 전재와 무단 복제를 할 수 없습니다.

생각하는 방법을
잃어버린 날

저자 김단아, 문석주

온북스
ONBOOKS

목차

프롤로그.　　　　　　　　　　　　　　　　　　　007

1장. 정답에 기대어 살던 날　　　　　013

　　　빠른 답을 내주는 인공지능에 익숙해질수록
　　　나는 점점, 느리고 서툰 나를 잃어갔다.
　　　말보다 정확함이 먼저였고, 친구들과도 멀어졌다.
　　　"넌 생각하지 않아." 그 말이, 이상하게 오래 남았다.

2장. 틀릴까 봐 아무 말도 못 했어　　　046

　　　정답이 없다는 말 앞에서 멈춘 마음.
　　　인공지능보다 따뜻했던, 아주 짧은 한 문장.
　　　그 말 이후, 나는 조금씩 말을 꺼내기 시작했다.

3장. 나는 이제, 내 생각을 믿기로 했다　　084

　　　인공지능을 끄자,
　　　내 안에서 꺼져 있던 말이 다시 켜졌다.
　　　정답보다, "왜 그렇게 생각했는지"가 중요해진 순간.
　　　그때 나는, 처음으로 나를 선택했다.

4장. 생각은, 계속 자라는 중이니까   115

    실패해도 괜찮다는 마음이 조금씩 자리를 잡았고,
    질문하는 법을 배우며, 나는 다시 걸음을 옮겼다.
    진우가 후배들에게 남긴 말 한 줄.
    그 말이, 누군가의 시작이 되길 바라며.

5장. 나나 선생님의 편지   151

    - 하얀 봉투에 담긴 잔잔한 편지 -

에필로그. 진우의 졸업식 연설문   190

    진우는 마이크 앞에서 잠시 숨을 골랐다.

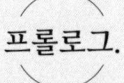

프롤로그.

복도 끝, 2학년 7반 교실 앞. 진우는 칠판을 바라봤다. '오늘의 생각 질문'이라는 제목 아래, 한 줄이 적혀 있었다.

"너는 누구의 생각으로 살고 있니?"

그 말은 소란스러운 교실 안에서도 또렷했다. 다른 소리는 희미해졌고, 진우는 칠판을 바라보며 한참 동안 시선을 떼지 못했다. 발끝 하나 움직이지 않았다. 그 말은, 마치 가슴안에서 조용히 울리는 종소리 같았다. 다른 누구도 듣지 못할 만큼 작은데, 진우에게만은 크게 들렸다. 생각. 너무 오랜만에 들어보는 말이었다.

요즘 진우는 스스로 생각하지 않았다. 수학 문제도, 독서 감상문도, 친구와의 대화까지도 모두 에이다가 정리해 줬다. 진우는 선택만 했다. 틀릴 걱정도 없었고, 빨리 끝냈다. 어른들이 말하는 '효율'의 끝.

복도 창문 틈으로 햇빛이 흘러 들어와 칠판 글씨 위에 얇은 빛줄기를 없었다. 마치 그 질문이 바람에 살짝 밀린 듯 흔들렸다. 그때, 누군가 뒤에서 말했다.

"진우야. 너, 네 생각으로 살아본 적 있어?" 정혁이었다.

무심한 듯하지만, 진심이 실린 목소리. 진우는 놀라지 않았다. 대답도 하지 않았다. 대신, 정혁의 눈을 처음으로 똑바로 바라봤다.

"진우야, 오늘도 에이다야?" 정혁이 어깨를 툭 건드렸다.

말투는 가볍지만, 표정은 그렇지 않았다.
"그거... 너무한 거 아니냐. 네가 한 게 없잖아."

진우는 고개를 살짝 기울이며 말했다.
"근데 실수도 없잖아. 잘되면 된 거 아냐?"

정혁은 웃음을 흘리며 교실 안으로 걸어 들어갔다. 걸음을 멈추지 않은 채 마지막으로 던진 한마디.

"그럼 넌, 스스로 생각해서 뭔가를 하고 있는 거야?
아니면 하나부터 열까지 인공지능이 전부 다 대신해 주는 거야?"

그 말은 농담 같았지만, 진우는 한동안 그 자리에 멈춰 서 있었다. 그날 밤, 방 안은 조용했다. 책상 위에 놓인 태블릿이 켜졌고, 익숙한 인터페이스가 눈앞에 떠올랐다. 진우는 천천히 손을 올렸지만, 입력창에 아무 말도 떠오르지 않았다.

"오늘 질문 말인데... 뭐가 정답이야?"

목소리는 작았지만, 방 안에서는 가장 크게 울렸다. 에이다는 대답하지 않았다. 화면만 조용히 깜빡일 뿐이었다. 진우는 스스로에게 물었다.

'내가 알고 싶은 건 뭘까.'

잠시 뒤, 그 생각은 물속에 가라앉듯 사라지고, 다른 느낌이 조용히 수면 위로 떠올랐다. 간단한 질문조차 할 줄 모른다는 것. 정답이 아니라, 머릿속에 아무 질문도 떠오르지 않는다는 사실이 천천히 마음을 긴장시켰다. 마치 어두운 방구석에서 갑자기 켜진 작은 불빛처럼, 작지만 무시할 수 없는 불안이었다.

책상 위의 펜이 굴러 멈췄다. 창밖에서 바람이 살짝 지나가며 커튼 끝자락을 살짝 건드렸다. 그리고 다시, 조용해졌다. 진우는 작게 중얼였다.

"내가 뭘… 알고 싶었지."

그날 밤, 진우는 꿈을 꿨다. 눈앞에 에이다가 서 있었다. 모든 걸 알고 있는 존재, 모든 걸 대신해 줄 수 있는 얼굴. 익숙했지만, 그날은 낯설게 느껴졌다.

"그럼... 오늘 질문. 그거... 정답은 뭐야?"

진우가 물었다. 하지만 에이다는 아무 말도 하지 않았다. 그리고 그 침묵 안에서, 진우는 자신이 더 이상 '질문하는 사람'이 아니라는 사실을 깨달았다. 알고 싶은 게 없어서가 아니라, 묻는 걸 멈췄던 것이다. 꿈의 끝에서 진우는 처음으로 속삭인다.

자신에게도,
에이다에게도.

"나는... 이제 정답 말고, 질문을 갖고 싶어."

다음 날 아침. 진우는 다시 칠판 앞에 섰다. 같은 글씨, 같은 질문. 이번엔 눈으로만 읽지 않고, 조용히 입으로 따라 읽었다.

"너는 누구의 생각으로 살고 있니."

그 문장은 어제와 같았지만, 느낌은 달랐다. 진우는 잠시 생각했다. 이건 정답을 요구하는 말이 아니라, 멈춰서 스스로를 들여다보라는 말일 수도 있겠다고. 그리고 그 자리에, 한참을 그냥 서 있었다. 뭔가를 떠올리려고 애쓰지도 않고, 그저 떠오르길 기다리며. 언젠가, 정말로 자기가 묻고 싶은 걸 다시 떠올릴 수 있을 거란 믿음처럼.

가방 안엔 간식이 꽤 많이 들어 있었다. 아무도 말하지 않았지만, 진우는 알아서 챙겨 왔을 것이다. 질문처럼, 답이 없어도 준비하는 마음으로.

1장. 정답에 기대어 살던 날

책상은 이미 준비된 듯 조용히 자리를 지키고 있었다. 연필은 깎여 있었고, 공책은 깨끗했다. 창밖의 날씨는 흐려 있었고, 형광등은 켜지지 않았지만, 책 위로 한 줄기 빛이 가만히 내려와 있었다.

진우는 이불 안에 누워 있었다. 발끝만 이불 밖으로 나와 있었고, 눈꺼풀은 아직 '오늘'이라는 말을 이해하지 못한 듯 움직이지 않았다. 알람 소리는 한 번 울리고 멈췄다. 다시 울리지 않았다.

이불을 밀어내며 일어나는 손끝이 미세하게 흔들렸다. 그리고 그때, 머릿속 어딘가에서 무언가가 몰려왔다.

수학. 역사. 조회. 교실.

그런 말들이 쏟아졌지만, 아무것도 붙잡히지 않았다. 진우는 그냥 자리에서 일어나 화장실로 향했다. 거울 앞에 섰을 때, 그 안의 얼굴이 조금 낯설게 느껴졌다. 전날 밤과 닮아 있는 얼굴이었지만, 뭔가 다르게 보였다.

찬물을 퍼올려 얼굴에 댔다. 물은 턱을 타고 흘러내렸고, 그 사이사이로 말도 생각도 조용히 함께 흘러내렸다.

밤에는 책상이 가득 차 있었다. 다섯 가지 색의 형광펜 줄이 페이지마다 그어져 있었지만, 진우의 시선은 어느 곳에도 오래 머물지 않았.

"집중 시간은 45분, 지금부터 시작합니다."

에이다의 목소리가 들려왔다. 진우는 그 말에 반응하지 않았다. 화면만 바라보며 손가락을 움직였다. 정답을 누르면, 기계는 칭찬했고, 진우는 아무 말 없이 다음 문제로 넘어갔다. 그날은, 그렇게 끝났고, 말 한마디 없이 하루가 접혔다.

다음날 아침, 식탁 위의 국에서는 김이 나지 않았다. 숟가락은 그대로였고, 진우의 손도 멈춰 있었다. 식탁 건너편, 아버지는 신문을 펼치지 않았고, 스마트폰 화면을 가만히 바라보고 있었다. 둘 사이엔 말이 없었고, 그 침묵은 낯설지 않았다. 진우는 숟가락을 들어 국을 떠서 삼켰다. 씹지 않았다. 맛이 남아 있었는지도 확인하지 않았다.

현관 앞, 가방을 멘 채로 운동화를 신으려던 순간, 슬리퍼를 벗던 손이 멈췄다. 오늘이 무슨 날이었지. 그 물음은 입 밖으로 나오지 않았고, 누구도 그 대답을 주지 않았다. 진우는 그대로 문을 열고 밖으로 나섰다. 뒤는 돌아보지 않았다.

부엌 벽에 붙은 메모판은 그대로였다. 네 칸으로 나뉜 그곳엔, 오래전 글씨가 흐리게 남아 있었다.

달걀 있음
체육복 빨기
진우야, 수요일은 김치찜이야 :)

그 흔적은 오랫동안 누군가 지우지 않았다. 아버지도, 진우도. 보이지 않는 약속처럼 그 자리에 남아 있었다. 식탁 위엔 젓가락 두 개와 국 한 그릇, 밥 한 공기. 말이 없었다. 국물 뜨는 소리만 아주 작게 들렸고, 그 소리가 유일한 움직임처럼 퍼졌다.

진우는 그 조용함을 무너뜨리고 싶지 않았다. 어떤 말도, 그 순간에 어울릴 수 없을 것 같았다.

식사가 끝난 후, 진우는 식기를 조심스레 들어 싱크대로 옮겼다. 아버지는 설거지를 시작했고, 물 흐르는 소리만 부엌에 남았다. 창문은 닫혀 있었고, 밖의 소리는 들리지 않았다. 진우는 그 부엌에 조금 더 서 있었다. 말없이, 천천히 방으로 돌아갔다.

등굣길, 셔츠 단추를 손끝으로 한 번 더 눌러본 뒤, 진우는 길을 따라 걷기 시작했다. 왼쪽엔 문구점, 오른쪽엔 편의점. 중간엔 신호등, 그리고 매일 지나치는 골목. 진우는 귀에 이어폰을 꽂고 있었다. 그 안에서는 기계의 목소리가 흘러나왔다.

"어제 복습이 조금 부족했어요. 오늘은 예상문제 세 가지를 먼저 알려드릴게요."

말투는 차분했지만, 아무런 온도도 실려 있지 않았다. 진우는 대답하지 않았다. 그저 걷기만 했다. 발걸음은 일정했고, 고개는 그대로였다. 표정이 바뀌지 않은 얼굴 위로, 햇살도 그다지 관심을 두지 않았다.

교문 근처에서 친구 하나가 진우를 지나쳤다. 잠깐 마주친 눈, 아무 말도 없었다. 서로 인사를 나눌 필요가 없다는 듯, 그 친구는 고개를 돌렸고, 진우는 발을 멈추지 않았다.

그날만 그런 게 아니었다. 며칠째였다. 누구와도 말을 섞지 않는 게 더 자연스러웠고, 말을 걸지 않는 쪽이 오히려 서로를 지켜주는 방식처럼 굳어져 있었다. 진우는 아무 일도 없었다는 얼굴로, 그 침묵 안으로 다시 걸음을 붙였다.

창가는 빛보다 조금 더 무거운 공기로 채워져 있었다. 빛이라고 말하긴 어려운 무언가가 교실 한쪽을 천천히 덮고 있었고, 진우는 그 빛의 가장자리에 걸쳐 앉았다. 공책이 펴졌지만, 펜촉은 하얀 칸 위를 맴돌았다. 숫자들이 머릿속에 떠올랐고, 시간이 일정하게 흘러갔다.

"3초 안에 대답하면 잘했대. 5초 넘으면 다시 설명해 줘."

그건 진우의 생각이었을까, 에이다의 규칙이 몸에 남은 흔적이었을까.

선생님이 칠판에 문제를 적었다. 분필 소리와 함께 교실 안은 조용히 계산을 시작했다. 누군가의 목소리가 들렸지만, 진우는 듣지 않았다. 진우의 입이 먼저 반응했다. 숫자를 정확히 외우듯 말했다. 그 말이 끝나자, 진우는 잠깐 고개를 돌려 창밖을 바라봤다.

흔들리는 나뭇잎. 소리는 없었고, 움직임이 조용히 말을 걸어왔다. 진우는 그걸 잠깐 바라보다가, 속으로 하나의 말을 꺼냈다.

"내가 뭘 좋아하는지는, 아무도 안 묻잖아."

그 말은 어딘가에서 갑자기 꺼내진 게 아니다. 진우 안에서 오래 머물러 있었고, 그 시간이 이제야 조금씩 움직이기 시작한 거였다.

교실 복도 끝에서 햇빛이 바닥을 밀고 있었다. 아이들은 가방을 메고 각자의 자리로 향했다. 가방은 뭔가를 담기보다 어떤 무게를 그대로 견디는 듯했고, 진우는 자리에 앉아 있었다. 가방은 발끝에 놓여 있었고, 한쪽 귀엔 이어폰이 들어가 있었다.

"이 문제는 3초 안에 풀 수 있어요. 두 번째 줄을 잘 보세요."

기계음은 진우의 머릿속에서 바로 작동했다. 계산기를 열 필요도 없이, 정확한 답만 뽑아내듯 손이 들렸다.

"정답은. 칠십이요."

교실은 잠깐 멈춘 듯했고, 선생님은 분필을 멈췄다. 다른 아이들의 시선이 진우에게 쏠렸지만, 진우는 고개를 들지 않았다. 그저, 다음 문제를 기다리는 얼굴로 고개를 살짝 숙이고 있을 뿐이었다.

쉬는 시간. 복도엔 여러 소리들이 흘렀다. 자판기 작동음, 누군가의 웃음, 멀어지는 발소리. 민재와 유진은 자판기 옆에 기대 있었고, 하늘은 창가에서 머리를 묶고 있었다. 진우는 그들 사이를 지나쳤다. 아무 말도 하지 않았다. 눈도 마주치지 않았다.

자리로 돌아와 앉은 진우는 이어폰을 귀에 다시 꽂았다. 그 안에서 들려오는 목소리는 이제 진우에게 낯설지 않은 동행처럼 공백을 채우고 있었다.

"오늘의 영어 단어 복습을 시작할게요."

에이다의 말은 이어폰을 타고 곧바로 진우의 귓속에 머물렀다.

진우는 고개를 끄덕이지 않았다. 입술은 움직였지만, 얼굴에는 아무런 움직임이 없었다. 단어는 반복됐고, 진우의 목소리도 따라갔지만,

그 안에 머무는 뜻은 없었다.

창밖에선 바람이 지나가고 커튼이 살짝 움직였지만, 진우의 머리카락은 흔들리지 않았다.

칠판 위의 글자가 바뀌었다. 누군가는 그 내용을 베꼈고, 진우는 공책을 열지도 않은 채 자신의 손가락이 책상 위에서 만들어내는 움직임을 바라봤다.

그때, 옆자리에서 누군가 다가오려다 멈춘 기척이 있었다. 진우는 고개를 들지 않았다. 의자 옆 바닥, 그 '멈춘 말'의 그림자만 한쪽에 머물러 있었다.

"진우야, 이 문제... 어떻게 풀었니?" 수학 선생님의 말은 조용히 퍼졌다.

진우는 자리에 앉은 채 입을 열었다.
"이 공식으로 정리한 다음, 마지막 항만 계산했어요."

말은 짧았고, 딱 그만큼만 나왔다. 공기엔 그 말의 끝자락이 잠깐 머물렀다. 선생님은 칠판을 보다가 분필을 내려두었다. 아이들 중 누군가는 고개를 숙였고, 또 누군가는 친구의 팔을 건드리며 뭔가를 속삭였다. 진우는 앞만 봤다. 그의 시선엔 오직 끝난 문제만 있었다.

점심시간. 식판을 든 채 줄은 천천히 움직였다. 바닥엔 국물 자국이 남았고, 아이들의 말은 흐릿한 웅얼거림처럼 얽혀 있었다.

그때, 뒤에서 누군가 불렀다.
"야, 진우."

진우는 돌아보지 않았다. 대신, 옆에서 식판이 진우 쪽으로 다가왔다.

"오늘도... 그냥 정답만 말하네?"

앞만 바라보는 진우의 눈빛은 달라지지 않았다.
줄은 조금씩 앞으로 나아갔다. 밥은 따뜻했지만, 숟가락은 멈춰 있었다.

잠시 후, 조용히 또 한 마디가 흘렀다.
"진우 넌. 생각하지 않아. 그냥 정리해서 말할 뿐이야."

그 말은 소리보다 오래 남았다. 진우의 머릿속 어딘가에 그 조용한 말이 내려앉았다.

밥을 다 먹지 못한 진우는 식판을 수거대에 올렸다. 국은 거의 그대로였고, 숟가락엔 물방울이 맺혀 있었다.

교실로 돌아가는 길, 복도에서 진우의 발걸음이 잠시 늦춰졌다. 주머니 안에서 손끝이 이어폰에 닿았고, 에이다의 목소리가 다시 시작되려던 찰나, 진우의 손이 멈췄다. 잠깐이었지만, 그 정지는 예전과는 다른 무게를 가지고 있었다.

창가 쪽 책상 위, 세 개의 비커가 나란히 놓여 있었다. 물, 식초, 베이킹소다. 조그만 종이컵 안에서 각자의 자리를 지키고 있었다. 과학 선생님은 말없이 실험 재료를 놓았고, 교실 안엔 설명보다 기다림이 먼저 퍼져 있었다.

진우는 태블릿을 켰다. 에이다를 실행했다.

"에이다, 반응 예측해 줘."

'거품이 발생할 예정입니다. 산과 염기의 중화 반응이며'

음성이 채 끝나기도 전에 진우의 손은 기록지 위로 움직이기 시작했다. 펜은 멈추지 않았고, 글자는 빈칸 없이 채워져 갔다.

교탁 앞에서 선생님은 가만히 학생들을 바라봤고, 주변에선 아직 실험을 시작하지 못한 아이들이 종이컵을 뒤적이고 있었다.

진우의 종이컵은 이미 비어 있었다. 기록지도 거의 다 채워져 있었다. 그 순간, 선생님의 시선이 조용히 진우에게 머물렀다. 말은 없었지만, 그 눈빛은 어느 쪽도 정답이라 단정하지 않는 얼굴이었다.

진우는 그 시선을 느끼지 못했다. 그저 기록지를 정돈한 뒤, 다음 실험 준비를 위해 손을 움직이고 있었다.

다른 조원들의 손이 멈췄다. 하늘은 눈을 천천히 깜빡였고, 민재는 쓰던 펜을 조용히 내려놓았다. 비커 안에서 거품이 천천히 올라오고 있었지만, 놀라는 아이도, 웃는 아이도 없었다.

실험은 이미 마무리된 것처럼 진행되었고, 진우만이 마지막까지 펜을 놓지 않았다. 그의 글씨는 일정했고, 틀림이 없었다. 정확했고, 빠르지도 느리지도 않았다. 그 완성도는 무서울 만큼 반듯했고, 그래서… 이상할 정도로 조용했다.

과제 발표가 끝나자 파일들이 조용히 책상 위에서 걷혔다. 아이들은 책을 챙기며 흩어졌고, 민재는 그 와중에 입술을 눌렀다.

한쪽으로 시선을 돌리지 않고 말했다.
"진우야… 우리도 좀 같이 하지?"

진우는 가방을 챙겼다. 고개는 들지 않았고, 목소리도 평평했다.
"그냥… 내가 다 완성해 놨어서."

하늘은 발표 자료를 내려놓으며 작은 목소리로 덧붙였다.
"그건… 네가 혼자 하고 싶어서 그런 거잖아."

그 말은 높지 않았지만, 어디선가 멈췄고, 그 주변의 공기는 움직이지 않았다.

종이 울렸다. 아이들은 자리에서 일어났지만, 말은 따라오지 않았다.

진우는 식판을 들고 줄에 섰다. 밥은 따뜻했지만, 국은 그대로였다. 민재는 옆에 앉지 않았고, 유진은 다른 반 친구들 쪽으로 걸어갔다.

진우는 식판 위의 밥을 숟가락으로 눌렀다. 그 소리가 아주 작게 퍼졌다. 이어폰에서는 에이다의 목소리가 흘러나왔다.

"단어 복습을 시작할게요. 첫 번째 단어는…"
목소리는 또렷했지만, 진우는 아무 반응도 보이지 않았다.

운동장 옆 벤치. 유진이는 조심스레 체육복을 접고 있었다. 하늘은 막대기로 모래 위에 원을 그리고 있었다. 선을 따라가다가 다시 되돌아가, 같은 자리를 반복했다.

민재는 가방끈을 쥔 채, 말을 꺼낼 듯 꺼내지 못한 채 앉아 있었다. 셋은 조용했다. 함께 있는 시간의 무게만 남아 있었다.

진우가 그 앞을 지나갔다. 말도, 눈길도 없이. 그냥 그 자리를 지나갔다. 세 사람의 말은 멈춘 것이 아니라. 진우가 가까워질수록, 그저 자연스럽게 작아졌다.

교실로 올라가는 계단. 진우는 세 번째 칸에서 잠깐 멈췄다. 뒤는 돌아보지 않았다. 그 위에 가볍게 눌렸다가 사라진 무언가가 있었다. 그건 발소리도, 숨도 아니었지만 그 자리를 지나갔다. 진우는 다시 걸음을 옮겼다. 변함없는 얼굴로, 아무 일도 없는 하루처럼.

그날 마지막 수업. 빛이 창틀을 타고 들어오고 있었다. 책상과 책상 사이, 그 빛은 움직이지 않는 그림자를 만들고 있었다.

교단 앞에 낯선 사람이 서 있었다. 자세도 편했고, 옷도 가볍고, 이름표도 보이지 않았다. 칠판에 아무것도 적지 않고, 그 사람은 아이들을 향해 고개를 돌렸다. 그 시선은 말보다 먼저 교실을 훑었고, 그 안에는 아직 쓰이지 않은 무언가가 담겨 있었다.

아이들은 서로를 바라보다가 하나둘 웅성거림을 멈췄다. 나나 선생님은 아무 말 없이 칠판 위에 분필 하나를 올려두었다. 잠시 정적이 이어진 뒤, 처음 보는 목소리가 교실을 가로질렀다.

"틀린 건 실패가 아니라, 처음으로 생각이 시작되는 자리예요."

출석은 없었고, 수업은 질문으로 시작되었다.

"여러분, 생각은... 어떻게 하는 걸까요?"

아이들은 서로를 눈으로 확인했고, 진우는 책상 밑에서 손가락을 살짝 움켜쥐었다.

"여기, '틀린 답'이라고 생각되는 것 하나만 말해볼 사람?"

처음엔 아무도 손을 들지 않았다. 그 침묵이 길어질수록 공기가 조금씩 무거워졌지만 나나 선생님은 웃었다.

"틀림은 네가 진짜로 문제를 만났다는 뜻이에요. 정답만 빠르게 말하는 건... 그냥 계산이죠."

칠판엔 숫자 대신 동그라미 하나가 천천히 그려졌다.

"이 안에 넣고 싶은 걸 말해볼래요? 답이 아니라, 떠오르는 거면 돼요."

누군가 조용히 말했다.
"시간요."

잠깐 정적이 흐르다가 다른 아이가 소곤소곤 말했다.
"눈물... 이요."

그리고 갑자기 뒷줄에서 작은 목소리가 튀어나왔다.
"치킨이요?!"

아이들 몇 명이 킥킥 웃었고 나나 선생님도 가볍게 고개를 끄덕였다.

"좋아요. 치킨도 생각이에요. 배고픔에서 오는 아주 진짜 같은 생각!"

교실이 조금 더 편안해졌다. 그제야 한 아이가 말했다.
"엄마 얼굴요."

또 누군가는,
"시험 없어졌으면 하는 마음?"
"내일... 안 왔으면 좋겠는 내일."

웃음과 조용한 말들이 섞이면서 칠판 위엔 단어들이 하나씩 늘어갔다.

시간
눈물
치킨
엄마 얼굴
내일
걱정
잠

진우는 말하지 않았다. 하지만 그의 이어폰은 그날 처음으로 가방 속에서 나오지 않았다. 수업이 끝나갈 무렵, 나나 선생님은 창밖을 바라보며 말했다.

"생각은, 누가 시켜서 하는 게 아니에요. 스스로 열릴 때, 진짜로 시작돼요."

수업이 끝났다는 종소리가 울렸다. 매일 들었지만, 익숙한 음이었지만 진우의 귀에는 처음으로 낯설게 들어왔다.

교실은 천천히 움직였다. 의자가 바닥에 마찰을 남기며 책상 쪽으로 다가갔고, 가방을 닫는 소리들이 이어졌다. 알람이 울렸지만, 끝까지 이어지지 못하고 꺼졌다. 누군가의 손이 멈춘 것처럼, 그 소리는 도중에 멎었다.

진우는 교실을 나서며 아무 말도 하지 않았다. 복도를 지나 운동장을 가로지르고, 정문 앞에서 멈췄다. 친구들이 무리 지어 걸어가고 있었지만, 그는 따로 걷기를 택했다.

손끝에 들린 가방이 조금씩 흔들릴 때마다, 생각도 함께 흔들렸다.

집에 도착했을 땐 해가 거의 지고 있었다. 신발을 벗고 방으로 들어갔다. 문을 닫는 소리도 없이 가만히, 그대로 침대에 앉았다. 말리지 않은 빨래가 창틀에 걸려 있었고, 바닥에는 어제 벗어둔 체육복이 그대로 놓여 있었다. 진우는 천장을 올려다봤다.

아무 생각도 떠오르지 않았다. 손만 뻗어 옆에 있는 책상 위로 향했지만, 움직임은 끝까지 이어지지 않았다. 손끝에서 멈췄다. 이불을 걷지도 않은 채 몸을 눕혔다. 커튼 사이로 들어오는 빛이 어깨 끝에 머물렀다. 새벽과 아침이 뒤섞이는 시간이었다.

다음 날, 창밖은 밝아져 있었다. 새가 우는 소리가 조금씩 멀어졌다가 다시 가까워졌다. 진우는 천천히 눈을 떴다. 여전히 이불 안이었고, 어젯밤 손을 멈췄던 자리에는 아직 공책이 펼쳐지지 않은 채 놓여 있었다.

화면 속 에이다가 말했다.
"오전 7시 20분, 수학 리뷰 시작. 오늘은 2차 함수 그래프의 시각화입니다."

진우는 고개를 들지 않았다. 에이다의 말이 끝나기 전, 두 번째 문제를 풀고 있었기 때문이다. 책상 위엔 정해진 순서의 물건들이 놓여 있었고, 무릎 아래의 자세도 변하지 않았다. 창밖에서 새가 짧게 울었지만, 진우의 귀는 반응하지 않았다.

달력은 여전히 넘겨지지 않은 채 벽에 붙어 있었다. 한쪽 귀퉁이엔 포스트잇이 붙어 있었고, 끝이 조금 말려 있었다.

"과학 복습 7분 후 시작합니다."

에이다의 말은 일정했지만, 진우는 시계를 보지 않았다. 그보다 먼저 다음 페이지를 넘기고 있었다. 방 안은 고요했지만 어디선가 아주 미세하게 틀어지는 소리가 나기 시작한 듯했다. 그건 아직 조용해서 눈치채지 못했다.

"이 답은 정확하지 않아요. 실수가 있었어요."

에이다의 목소리는 낮고 또렷했다. 기계음 같진 않았지만, 어딘가 말끝이 차가웠다.

"좀 더 집중하는 게 좋겠어요."

진우는 말없이 짧게 눈썹을 찡그렸다. 뺨 근육이 아주 짧게 움직였다. 그런 반응은 스스로 자각하지 못하는 사이에 지나갔다.

책상 위 연습장을 넘기며, 손끝이 모서리를 짚고 지나갔다. 펜을 들고 있던 손은 잠시 멈췄다가 다시 움직였다. 틀린 계산 위에 두 줄로 답이 적혀 있었다. 처음엔 덜렁거렸지만, 끝은 정확히 정렬돼 있었다.

에이다의 말은 기억하지 않기로 했다. 어차피 그런 지적은 반복된다. 정답만 맞히면 되는 일이다. 기억하지 않아도, 다시 들을 수 있는 걸 진우는 잘 알고 있었다.

되풀이되는 과정에 익숙해지면, 생각은 줄어든다. 모든 게 정해진 순서로 움직이고, 익숙함은 생각을 덜어낸다.

거실 어딘가에서 시계 초침이 튀는 소리가 들렸다. 그 소리는 짧고 단호했다. 진우는 자리에서 일어나 물컵을 들었다. 그리고, 멈췄다. 컵이 시야 안쪽에 있었지만, 손끝은 그 방향으로 흐르지 않았다. 화면 쪽으로 먼저 움직였고, 그 움직임엔 망설임이 없었다.

물컵은 손이 닿는 거리에 있었다. 마시는 데 어려움은 없었지만, 그보다 앞서 풀어야 할 무언가가 있었다. 속도를 늦추면 안 되는 것처럼, 손은 멈추지 않았다. 그 순간만큼은 목보다, 갈증보다, 에이다의 화면이 가까웠다.

창문은 닫혀 있었고, 커튼은 절반쯤 벌어져 있었다. 그 사이로 들어온 빛은 방 안의 흐름을 아주 조금 바꿔놓았다. 진우가 하루 중 가장 자주 들은 목소리는 친구나 가족이 아닌, 기계에서 나오는 소리였다. 일정한 말투와 톤으로 반복되는 문장들.

"정답률이 어제보다 높아졌어요."
"이번 주 평균 학습 시간은 5시간 12분입니다."

말은 늘 제자리를 돌았고, 속도도 흔들림이 없었다. 진우는 웃지 않았다. 표정의 변화 없이 문제를 넘기는 손만 조금 더 빠르게 움직였다.

'칭찬'이라는 말은 기분을 움직이지 않았다. 오히려 그 말을 들은 뒤엔 루틴이 더 조여왔다.

해가 졌고, 방 안의 색이 무거워졌지만 불은 켜지지 않았다. 화면의 빛이 책상을 덮었고, 그 위에 진우의 손 그림자가 얇게 깔렸다.

에이다의 음성은 그 모든 어둠을 통과해 일정하게 이어졌다. 그 안에서 진우는 계속 손을 움직였다. 멈추는 타이밍은 에이다가 알려줬고, 다시 시작하는 신호도 에이다가 줬다. 그건 말의 형태를 하고 있었지만, 질문은 없었다. 그래서, 그 시간은 편했다.

저녁이었다. 불이 켜진 식탁 위, 두 개의 그릇이 놓여 있었다. 그 사이로 반찬을 뒤적이는 젓가락 소리, 국물 옮겨 담기는 소리만 들렸다.

서로 마주 보고 있었지만, 눈은 마주치지 않았다. 아버지는 반쯤 남은 밥그릇 위에서 손을 멈췄다. 숟가락을 내려놓지도 않고, 진우의 입 근처를 바라보았다. 잠시 입술을 달싹이다 조심스레 말을 꺼냈다.

"아빠는 요즘... 진우 너랑 얘기하는 게 좀 무섭다."

진우는 고개를 들지 않았다. 표정도 바꾸지 않았다. 대답 대신 국을 한 숟갈 떠서 넘겼고, 밥 위에 숟가락을 천천히 눌렀다. 눌린 밥알이 들러붙으며 미세한 소리를 냈다.

식탁 위 시계가 짧게 째깍였다. 고요함은 금방 다시 찾아왔고, 국그릇에서 나는 김만이 움직였다. 아버지는 다시 입을 열려다 말고, 손끝을 살짝 쥐었다 폈다. 숟가락을 놓지 않은 손이 잠깐 떨렸다. 그 떨림을 진우가 봤는지는 아무도 몰랐다.

진우는 밥을 다 먹지 않았다. 자리에서 먼저 일어나지 않았지만, 더 이상 먹을 기색도 없었다. 그의 시선은 식탁 아래 어딘가에 머물러 있었고, 아버지는 그런 아들을 보면서도 아무 말 없이 젓가락만 다시 들었다.

말이 멎는 자리엔 냉장고에서 나는 낮은 소리만 오래 머물렀다. 식탁 아래, 아버지의 발끝은 제자리에서 멈춰 있었고, 진우의 발은 천천히 흔들리다 멈췄다. 접시는 치워지지 않았고, 숟가락은 여전히 그 자리에 엎어져 있었다. 저녁은 그렇게, 말없이 끝났다.

진우는 자리에서 일어났다. 무언가를 들지도 않았고, 책상 앞으로 걸어가는 걸음에도 망설임은 없었다. 에이다의 화면이 켜지기도 전에, 의자가 먼저 밀리는 소리가 들렸다.

아침 공기는 아직 정리되지 않는 꿈처럼 느릿했고, 진우는 신발 끈을 다시 묶은 채, 가방을 메고 집을 나섰다. 교실 안은 낯선 정적에 잠겨 있었다. 책상들은 번호표처럼 나열돼 있었고, 그 위에 이름표가 붙은 시험지가 가지런히 놓여 있었다.

진우는 자신의 자리를 찾았고, 펜 뚜껑을 열지도 않은 채 손에 쥐었다. 문제지가 펼쳐지기도 전, 시계 초침이 먼저 움직였다. 손도 그에 맞춰 따라갔다. 쉬지 않고.

생각은 뒤에 있었다. 속도가 앞섰고, 진우는 흐름을 타고 있었다. 누군가는 그 손의 빠르기를 칭찬했을 것이다. 하지만 그 순간, 진우는 그런 말보다 더 조용한 어떤 것을 기다리고 있었을지도 모른다. 누군가의 질문, 혹은 멈추는 허락. 아무도 묻지 않는 자리에서, 진우는 계속 정답을 쓰고 있었다.

답안지 위에 그어진 연필심은 진했다. 펜이 아닌 연필을 선택한 건 지우개와 가까워지고 싶었기 때문일까. 글자는 일정했지만, 그 끝이 아주 조금씩 떨리고 있었다.

에이다의 목소리는 나오지 않아도 귓속에 떠돌았다. 문제를 다 풀고 나서도, 진우는 그 자리에서 조금 더 앉아 있었다.
종이 위엔 이미 채워진 숫자들이 있었지만, 그는 시계를 보지 않았다.

시험이 끝나고, 진우는 조용히 복도를 따라 걸었다. 마주치는 이도, 말을 건네는 이도 없었다. 발소리는 바닥에 조용히 눌렸고, 걸음은 끊기지 않았다. 등 뒤 어딘가에서 선생님의 목소리가 들려왔다.

"전교 1등입니다." 몇몇 박수가 뒤를 이었다. 박수는 멈췄지만, 진우의 고개는 돌지 않았다. 창문 끝자락에서 노란빛이 길게 뻗었고, 그 위로 진우의 그림자만이 묵묵히 걸음을 옮겼다. 그 빛 안엔 어떤 말도 담기지 않았다.

상장은 얇았다. 종이 위엔 굵은 글씨와 금색 테두리가 있었지만, 진우의 손끝은 반응하지 않았다. 모서리를 따라 천천히 짚은 뒤, 조심스레 가방 안으로 밀어 넣었다. 종이는 가방 속에서 접히지 않고 자리를 잡았고, 지퍼가 닫히는 순간, 종이의 촉감도 함께 멀어졌다.

교문을 지나 담을 따라 걷는 발끝엔 바삭한 소리가 따라붙었다. 낙엽은 옆으로 밀려났고, 그 자리에 무엇도 따라오지 않았다.

그날 에이다는 말을 걸지 않았다. 조용했다. 횡단보도 앞에 섰을 때, 신호는 아직 바뀌지 않았는데 진우의 발이 멈췄다. 손은 주머니 안에 들어가 있었다. 무언가에 닿았다. 작고 딱딱한 물건 하나. 손은 그것을 꺼내지 않았다. 색깔도, 모양도 확인하지 않았다. 오래된 익숙함만이 손안에 남아 있었다. 그는 손을 그대로 둔 채 멈춰 있었고, 어깨 위 옷깃이 조금씩 흔들리고 있었다.

교실 문을 밀고 들어가자, 민재는 안쪽 벽에 등을 기댄 채 앉아 있었다. 창가에선 하늘이 책장을 넘기고 있었고, 반대편 복도에서는 유진의 웃음소리가 들려왔다. 그 소리는 다른 반 친구들과 섞여 있었다. 진우는 눈길을 두지 않았다. 누가 누구와 있는지, 어떤 표정을 짓고 있는지 살피지 않았다. 자신의 자리로 걸어가 앉았고, 가방은 열지 않았다. 책상 위에 손을 올린 채, 잠시 멈췄다.

그런 다음, 한 장의 종이를 꺼냈다. 무언가를 쓰기 위해서가 아니라, 그냥 무언가가 남아있기를 바라는 마음으로.

그 순간, 교실 뒤쪽에서 터진 유진의 웃음소리가 짧게 지나갔다. 진우의 손은 멈추지 않았다. 연습장을 넘기며, 아무 일도 없다는 듯 글자를 적었고, 한 장 아래에 접힌 쪽지가 작게 삐져나와 있었다.

눈길은 그것에 닿았지만, 손은 움직이지 않았다. 종이는 접히지도, 펴지지도 않은 채 그대로 가방 안으로 들어갔다.

교실 안은 여전히 학생들로 가득했지만, 진우의 자리는 어느새 옆으로 밀려난 듯한 느낌을 남겼다.

해가 기울 무렵, 복도 끝으로 기운 햇살이 교실 안으로 들어왔다. 바닥에 긴 빛줄이 사선을 만들었고, 진우는 책상을 정리하다가 창문을 반쯤 열었다. 얼굴에 바람이 닿자, 교실 문이 천천히 열렸다. 나나쌤이 걸음을 멈췄고, 아무 말 없이 책상 위에 종이 한 장을 내려놓았다. 한참 후, 짧은 말이 따라왔다.

"정답 없는 문제도, 재밌을 수 있어."

포스터에는 '청소년 코딩 체험 프로그램'이라는 굵은 글씨가 적혀 있었지만, 진우는 글보다 먼저 배경의 색을 보았다. 그 색은 낯설었다. 어떤 의미도 가진 듯하지 않았고, 그렇다고 무의미한 것도 아니었다. 나나쌤은 더는 말을 하지 않았다. 돌아서며 문을 나섰고, 교실엔 발소리만이 남았다.

종이는 책상 끝에서 천천히 들렸다. 포스터는 바람에 따라 무게를 잠깐 저울질하는 듯하다가, 그대로 책상에 다시 내려앉았다.

진우는 종이를 접지 않았다. 손끝으로 잠깐 눌렀다가, 조용히 가방에 넣었다. 그것이 끝이었다. 누군가 그 생각을 물었다면 무슨 말이 나왔을지 모르지만, 아무도 묻지 않았다.

운동장 옆길로 이어진 하굣길에서, 진우의 그림자가 뒤로 길게 늘어졌다. 가방끈이 어깨에서 조금씩 흘러내렸고, 교문 앞에서 멈춘 걸음 뒤로는 오후의 빛이 길게 퍼졌다. 가방 속에 넣었던 포스터가 조심스레 꺼내졌고, 글자들이 정렬된 종이 위로 빛이 얇게 깔렸다.

신청서란 아래에 이름을 쓰는 칸이 비어 있었지만, 진우는 눈길을 오래 두지 않았다. 종이를 들고 교무실로 향했다. 종이를 내미는 순간, 얼굴은 아래를 향했고, 손끝만 앞으로 뻗어 있었다. 방과 후의 교실로 돌아왔을 때, 텅 비었을 줄 알았던 그 공간에 하늘이 앉아 있었다. 책상에 팔을 올려놓고 손가락을 만지작거리던 모습.

눈길은 창밖을 향하고 있었고, 책상 위엔 연필 하나가 놓여 있었다. 진우는 조용히 다가가 맞은편 자리에 앉았다. 서로 말을 건네지 않았지만, 무언가가 시작되었다는 기척은 느껴졌다.

작은 준비가 책상 위에 놓이기 시작했다. 그건 정답이 없는 시간으로 들어가는 조용한 입장처럼 보였다.

진우는 교실 뒤편 자리에 가만히 앉았다. 의자가 바닥에 살짝 긁히는 소리를 남긴 뒤, 공간은 다시 고요해졌다. 하늘은 창밖을 향해 있었고, 진우는 화면을 바라봤다. 이름은 부르지 않았고, 인사도 오가지 않았다. 두 사람은 같은 공기 안에 천천히 머물렀고, 그 침묵이 오히려 무언가를 이어주는 듯했다.

컴퓨터 화면이 켜지자, 낯선 글자들이 가로로 나열됐다. 알파벳과 숫자, 기호들이 뒤섞여, 익숙한 듯 낯설게 흘러갔다. 진우는 'if'를 쓰고 괄호를 열었지만, 그 안을 어떻게 채워야 할지 몰랐다. 당연하다는 듯 에이다를 불렀지만, 돌아오는 소리는 없었다.

대답 없는 화면 앞에서, 손끝이 멈췄다. 정해진 길이 사라진 자리. 진우는 그 빈칸을 바라보다가 조용히 숨을 내쉬었다. 그때, 옆자리에서 낮은 목소리가 들려왔다.

"문법 사이에 세미콜론(;)이 있어야 하는데 빠졌어."

진우는 고개를 들지 않았다. 대신 손이 움직였고, 마침표가 찍혔다. 그러나 오류 메시지는 여전히 자리를 지키고 있었다. 다시 괄호를 열었지만, 그 안을 채우지 못한 채 시간이 흘렀다. 무엇이든 쓸 수 있는 자유가 오히려 무거워졌다. 키보드는 조용했고, 하늘은 연필을 손끝으로 돌리고 있었다. 그 느린 리듬이 두 사람 사이로 흘렀다.

수업이 끝나갈 무렵, 뒷문이 조용히 열렸다. 나나쌤이 걸어 들어와 책상 위에 손을 얹었다. 진우의 손이 잠깐 멈췄고, 하늘은 몸을 뒤로 기 댔다. 형광등에서 새어 나오는 희미한 진동음이 머리 위를 지나갈 무렵, 선생님의 한마디가 교실을 가로질렀다.

"정답이 없을 수도 있어."

그 말은 칠판보다 먼저 공기 속에 가라앉았다. 누구도 대답하지 않았지만, 그 말은 천천히 내려와 조용히 자리를 잡았다. 마치 괄호 안을 오래 비워 두고도 괜찮다는 허락처럼.

누구도 바로 대답하지 않았고, 그 말은 설명 없이 조용히 남아 있었다. 진우는 모니터를 덮지 않았다. 오류 메시지가 깜빡이는 화면 앞에서 손끝이 다시 움직였다. 빠르지도 느리지도 않게, 괄호 하나를 열었다. 그 안을 채우는 일은 여전히 어렵지만, 이번엔 그 비어 있는 순간이 이상하리만큼 오래 머물렀다.

그날 밤, 에이다는 켜지지 않았다. 진우도 더는 부르지 않았다. 책상 위엔 교과서 대신 코딩 노트 한 권이 펼쳐져 있었고, 손가락이 아주 작게 키보드를 눌렀다. 첫 줄은 실행되지 않았고, 두 번째 줄은 어딘가에서 멈췄다. 세 번째 줄쯤에 도달했을 때, 진우는 화면에서 눈을 들어 천장을 바라봤다. 그 순간은 어쩐지 조용했고, 그 조용함이 불편하지 않았다.

진우는 다시 괄호를 열었다. 정확히 무엇을 써야 하는지는 알 수 없었지만, 쓰겠다는 마음이 먼저 들어섰다. 맞는지도 모른 채 입력한 코드가 화면 위에 천천히 자리를 잡았다. 이번에는 실행보다 '쓴다'는 행동 자체가 더 크게 남았다.

다음날, 복도를 따라 들어오던 진우는 교실 문 앞에서 잠시 멈췄다. 손끝이 가방끈을 한 번 쥐었다가 놓였다. 고개를 약간 들어 교실 안을 바라본 뒤, 자리에 천천히 앉았다.

형광등의 빛이 화면 위에서 은은하게 번졌다. 커서는 일정한 박자로 깜빡이고 있었고, 손가락은 여전히 움직이지 않은 채 기다리고 있었다.

진우는 예제를 나라가지 않았다. 순서를 외우지도 않았고, 교과서도 펴지 않았다. 대신 괄호를 열고 자신만의 질문을 적었다.

난 지금 무슨 생각을 하고 있니? 오늘 내 마음은 어떤 모양이야?

화면 위엔 숫자도, 계산도 없었다. 입력하지 않은 커서만이 계속 깜빡이고 있었고, 그 리듬 사이로 머릿속의 생각이 조금씩 자리를 만들고 있었다.

수업이 끝날 무렵, 나나쌤이 조용히 다가왔다. 모니터 앞에 선 선생님은 아무 말 없이 화면을 바라보았다. 입술은 닫혀 있었고, 시선은 한참 동안 같은 자리에 머물렀다. 옆에 앉아 있던 진우도 아무 말 없이 기다렸다. 그 정적 안에서, 무언가가 시작되고 있었다.

교실 안, 햇빛은 바닥에 닿지 않았다. 커튼이 반쯤 내려온 창문 밖으로는 먼지처럼 느린 빛이 떠돌고 있었다. 진우는 컴퓨터 앞에 앉아 있었다. 화면엔 코드들이 정렬되어 있었고, 마지막 줄에서 커서가 깜빡이고 있었다. 그 사이를 뚫고 나나 선생님의 목소리가 조용히 들려왔다.

"진우야, 이건... 진우 방식으로 생각한 결과야?"

그 말은 칠판에도 남지 않았고, 기록지에도 적히지 않았다. 하지만 진우의 귀 안에서는, 수십 줄의 코드보다 오래 남아 있었다.

진우는 대답하지 않았다. 손을 움직여 노트를 덮고, 저장하지 않은 한 줄을 남긴 채 자리를 떴다. 컴퓨터는 종료되지 않은 채로 켜져 있었고, 화면 위엔 질문 하나가 고정된 채 떠 있었다. 누가 봐도 입력 도중 멈춘 흔적처럼 보이는 그 줄에는 커서가 부드럽게 깨어 있는 듯 미세하게 흔들리고 있었다.

교실 뒤편에서 들어오는 약한 조명이 그 문장을 흐리게 비추었고, 진우의 시선은 그곳을 지나친 후에도 자꾸만 돌아갔다. 나나 선생님의 말과 그 화면 속 문장은 겹쳐져서, 진우의 마음 어딘가에 조용히 남아 있었다.

복도 끝, 창문 앞엔 하늘이 있었다. 빛은 창문을 타고 흘러 바닥에 닿지 않았고, 하늘은 스마트폰을 들여다본 채 움직이지 않았다. 진우가 가까워졌을 때, 하늘은 고개를 돌리지 않고 화면을 내밀었다.

"진우야, 아까 그 코드 네가 짠 거 맞지? 수업 끝나고도 계속 켜져 있더라."

진우는 약간 쑥스러운 기색으로 눈을 피했다. 하늘은 핸드폰을 만지작거리며 혼잣말처럼 말했다.

"이상하게 계속 보게 되더라. 질문이... 말 거는 것 같았어."

그 말은 허공에 머물렀다. 진우는 그것을 떼어내지 않았다. 그 순간, 유진이 복도 뒤편에서 다가왔다.

"진우, 너 요즘 평소랑은 약긴 다른 것 같아. 난 그게 오히려 더 좋은 거 같아! 보기 좋아."

말은 짧았고, 말투는 가벼웠지만 진우의 어딘가에 조용히 내려앉았다. 진우는 가방을 열고 이어폰을 꺼냈다. 한쪽만 귀에 꽂고 천천히 걸음을 옮겼다. 그날, 에이다의 목소리는 한쪽 귀에만 닿았고, 다른 쪽 귀에는 친구들의 말이 남아 있었다.

점심시간. 식판을 들고 민재 옆에 앉자, 민재는 소세지 하나를 조용히 밀어주었다. 그 행동이 무언가를 묻는 것처럼 보였다. 진우는 말없이 민재에게 물 한 컵을 건넸다. 유진은 콜라병을 옆으로 밀었고, 하늘은 급식표를 내려다보며 작게 말했다.

"내일은 또 미트볼이네."

식탁 위엔 많은 말이 오가진 않았지만, 작은 움직임들이 모여 흐름을 만들고 있었다. 진우는 처음으로 스마트폰 대신 물컵을 향해 손을 움직였다. 에이다는 그 자리에 없었다. 그 순간만큼은 어떤 음성도 필요하지 않았다.

그날 저녁, 진우는 집에 들어와 조용히 방 문을 닫았다. 외투를 걸고 가방을 내려놓은 뒤, 책상 앞에 앉았다. 책상 위엔 불빛 대신 빗소리가 내려앉고 있었고, 진우는 천천히 공책을 펼쳐 펜을 들었다. 한 페이지 구석에 작게 남긴 글씨.

내 생각은... 누구의 속도로 움직이니

질문은 대답을 기다리지 않았다. 공책 위에, 공기 속에, 그대로 머물러 있었다.

컴퓨터 화면. 줄 번호 27번에서 경고창이 작게 떠 있었다. 닫히지 않은 괄호 하나. 진우는 화면을 바라보다가 손을 멈췄다. 커서가 정지된 줄 앞에서 은은하게 깨어 있었고, 진우의 시선은 천천히 자신의 손 위로 옮겨갔다. 손등에서 손바닥으로, 다시 손끝으로. 무엇을 누르기 전에, 무엇을 지나쳤는지 따라가는 듯한 움직임이었다.

오류를 고치는 건 어렵지 않았다. 진짜 문제는 괄호를 빠뜨린 그 순간이었다. 무엇을 생각하고 있었는지, 무엇을 놓쳤는지.

진우는 괄호를 닫았다. 저장 버튼엔 손이 가지 않았다. 화면은 조용했고, 커서는 여전히 깜빡이고 있었다. 코드는 끝났지만, 진우는 마지막에 빼먹은 그 줄을 계속 떠올렸다. 완성보다 오래 남는 건, 늘 지나친 부분이었다.

그날 밤, 진우는 다시 공책을 펼쳤다. 제목도, 목차도 없이. 연필을 들고 아주 조용히 묻듯이 써 내려갔다.

지금의 나는, 누구한테 배운 걸까.
그리고 그걸, 계속 배워야 하는 걸까.

종이 위엔 질문만 남았다.

커서가 깜빡이는 속도는 진우의 눈동자보다 느렸다. 책상 위엔 식은 물이 담긴 컵 하나. 그 옆엔 덜 닫힌 노트북, 화면 한가운데 열려 있는 괄호가 멈춘 채 떠 있었다. 그 괄호 하나 앞에서 진우는 팔을 접었다가 펴는 동작을 여러 번 반복했다. 지우지도 않았고, 고치지도 않았다. 왜 그 줄에서 손이 멈췄는지, 그게 먼저였다.

머리를 넘긴 채 뒤로 기대니 의자에서 약한 소리가 났다. 화면 속 입력값은 그대로였지만, 마음 안 어딘가에선 무언가가 조용히 움직이고 있었다. 다시 손이 움직이기 시작했을 때, 괄호는 닫혔다. 엔터 키를 누르자 프로그램은 멈추지 않고 이어졌고, 에러도 나타나지 않았다.

진우는 그때서야 손을 뗐다. 모니터에서 시선을 내리고, 천천히 숨을 뱉었다. 그건 무엇을 맞췄다는 느낌보다, 지금의 자신이 있는 그대로 받아들여진 느낌에 가까웠다.

다음 날, 진우는 학교 복도 끝 창문을 지나 교실로 들어섰다. 평소보다 조금 일찍 도착한 듯 교실 안은 조용했고, 나나쌤은 교탁 앞에 놓인 작은 수첩에 무언가를 적고 있었다.

진우는 자리에 가방을 두고, 칠판 앞으로 나와 분필 가루가 남은 칠판을 조용히 닦기 시작했다. 물걸레가 지나간 자리에 손바닥만 한 수첩 하나가 놓여 있었고, 우연히 펼쳐진 페이지에 눈이 멈췄다.

진우 : 답을 말하기보단 질문하는 개수가 늘어남.
요즘 들어 뿌듯함을 느낀다.

교탁 옆 시계는 두 시를 조금 넘기고 있었다. 키보드 소리는 일정하지 않았고, 그 리듬은 진우의 호흡과 비슷하게 흘렀다. 나나쌤은 다가가지 않았고, 아무 말도 하지 않았다. 대신 조용히 책 한 권을 꺼내 그 메모지를 책 사이에 넣었다. 그 자리는 잊지 않기 위해 쉽게 꺼낼 수 있는 곳이었다.

그날 저녁, 집 안의 불은 거의 꺼져 있었다. 부엌 등만 노랗게 켜져 있었고, 식탁 위엔 라면 두 그릇이 나란히 놓여 있었다.
진우가 젓가락을 들려던 순간, 아버지가 먼저 면을 집었다.

김이 올라왔다. 김은 천천히 퍼졌다가 이내 사라졌다. 뜨겁지 않게 하려는 듯, 아버지는 짧게 입김을 불었다. 진우도 따라 했다. 그 움직임은 거의 동시에 맞았다.

무릎 밑으로 따뜻한 기운이 내려갔고, 둘 사이의 공기는 조금씩 부드러워졌다. 라면 국물 한 모금을 마신 아버지가 컵을 내려놓으며 말했다.

"다음엔 진우가 끓여봐라. 물 맞추는 건 네 몫이다."

진우는 젓가락을 식탁에 올려두고, 고개를 살짝 끄덕였다.

"이거, 맛있는데? 아빠가 학교 다닐 때 먹던 거랑 조금 다르다."

아버지의 말은 김 사이로 가볍게 흘렀다. 진우는 국물보다 먼저 고개를 끄덕였다. 말은 잇지 않았고, 젓가락으로 달걀을 옮겼다. 그 말의 끝을 붙잡지 않고, 그냥 흘려보냈다.

부엌 창문 틈으로 바람이 들어왔다. 냄비 뚜껑이 살짝 흔들렸고, 그 흔들림 사이로 진우의 짧은 웃음소리가 조용히 섞였다. 아무도 웃지 않았지만, 그 순간 공기 안은 조금 가벼워졌다.

2장. 틀릴까 봐 아무 말도 못 했어

다음날 학교 코딩 수업 시간. 교실 뒤편, 컴퓨터 세 대가 나란히 놓여 있었다. 의자 네 개, 코드 세 줄, 마우스 네 개. 하늘이 먼저 코드를 띄웠고, 유진은 옆에서 스토리를 적었다. 민재는 캐릭터의 얼굴을 스케치하기 시작했고, 진우는 변수 선언부터 시작했다. 대화는 길지 않았지만, 각자의 화면엔 서로를 닮은 조각들이 조금씩 자리를 잡고 있었다.

유진이 말했다.
"제목은... '생각하는 바위' 어때? 꼭 진우 같지 않아?"

그 말은 잠깐 공중에 머물렀고, 누구도 대답하지 않았다.
하지만 반대하는 사람도 없었다. 진우는 키보드를 눌렀다.

친구라는 것 = 정의되지 않은 상태

그 코드는 아직 미완성이었고, 설명보다 먼저 화면 한 줄을 차지했다.
그 줄 아래엔, 누군가가 들어올 수 있는 빈칸이 남아 있었다.

"그렇게 코드를 짜면... 친해지는 속도가 너무 느려져."

민재가 모니터를 보지 않은 채 말했다. 목소리는 낮았지만 단단했다. 진우는 화면을 넘기지 않았다. 그 틈에 하늘이 말했다.

"느린 것도 괜찮아. 이건 질문을 기다리는 게임이잖아?"

유진은 펜을 돌리다 멈추고, 코멘트란을 조용히 채워나갔다.

"진우야, 네 코드는 너무 정확해. 근데 너~무 닫혀 있어. 이번 코드는 같이 짜는 거잖아."

그 말은 조용히 내려와 책상 위에 앉았다. 진우의 손이 잠깐 멈췄고, 민재는 캐릭터 이름을 다시 적었다. 유진은 배경 색을 반 톤 낮췄다. 아무도 말은 하지 않았지만, 서로의 코드에 조금씩 개입하고 있었다.

진우는 다시 손을 올렸다. 이번엔 하늘의 코드 옆에 괄호를 열었다. 그 괄호 안엔 아무것도 없었지만, 처음으로 '같이 쓰는 코드'가 거기서 시작되고 있었다.

하굣길. 네 명이 같은 방향으로 걷는 건 처음이었다. 말은 많지 않았지만, 발걸음의 속도는 닮아 있었고, 가방끈이 어깨에서 미끄러지는 타이밍도 비슷했다.

편의점 앞에서 누가 먼저랄 것도 없이 멈췄다. 유진이 문을 열고 들어가 음료 네 개를 집었다. 진우는 계산대 앞에 섰지만 지갑을 꺼내진 않았다. 민재가 먼저 말하며 한 발짝 나섰다.

"다음은 네 차례야."

길가 벤치. 음료 네 개가 동시에 '칙' 하고 열렸다. 기계음보다 조금 더 작은 웃음들이 하나씩 새어 나왔다. 진우는 말하지 않았다. 하지만 웃음소리를 따라 고개를 천천히 돌렸다. 유진이 갸우뚱한 표정으로 진우를 바라보며 이야기했다.

"진우야, 너 코딩 배우면서 예전보다 조금 달라진 모습이 보여. 예전엔 로봇인 줄 알았는데, 요즘 들어서 조금씩 변하는 모습에 가끔씩 깜짝 놀랄 때도 있어."

진우는 손에 든 캔을 내려다봤다. 그 안의 탄산보다 조금 늦게 튄 작은 방울 하나가 손등을 톡, 하고 적셨다.

말보다 가볍고, 기억보다 오래 남는 순간.

하늘이 캔을 들어 올리며 말했다.
"솔직히 말해서, 우리 지금 되게 멋진 거 알지? 팀 같아."

유진이 입꼬리를 올리며 민재를 쿡 찔렀다.

"민재는 팀보단 졸업 사진 같아. 무표정으로 정면만 보는 버전."

민재는 인상을 쓰는 척하다가, 눈을 찡긋하며 되받았다.
"그럼 유진은 뭐야, 말 많고 공주병 있는 NPC지."

하늘이 웃음을 꾹 참으며 끼어들었다.
"그럼 진우는?"

모두의 시선이 한꺼번에 진우에게 향했다. 진우는 캔을 살짝 기울이며 말했다.
"나는... 이번 팀에서 괄호 같은 거. 안에 뭘 넣을지는 다들 같이 결정하는."

그 말이 끝나자, 하늘이 눈을 반쯤 감고 말했다.
"이거 명언인데. 저장해야겠다."

그 대화는 잠깐이었지만, 오래가는 공기처럼 옆에 남아 있었다.

우린 서로가 조금씩 닮아가고 있는 중인 것 같아,
아직은 전부 같지는 않지만.

말은 거기서 멈췄다. 진우는 고개를 살짝 돌렸고, 손에 든 음료를 바라봤다. 햇빛이 어깨너머로 떨어지고 있었다. 구름은 조금 흘렀지만, 그건 대화에 아무런 간섭도 하지 않았다.

진우는 말하지 않았다. 하지만 그날, 함께 있는 사람이라는 걸 조금 더 잘 알게 되었다. 그리고 그건 코드로 남기 어려운 종류의 기록이었다.

친구들과 한참 웃으며 계단을 내려오던 진우는, 집 앞 골목에서 고개를 들었다. 하늘은 이미 어두워졌고, 창문마다 켜진 불빛들이 하루의 끝을 조금씩 닮아가고 있었다.

문을 열고 들어선 방 안, 공기는 움직이지 않았다. 창문은 닫혀 있었고, 커튼 사이로 들어온 빛이 바닥에 길게 드리워졌다. 모니터 위 로딩 바는 멈춘 채 그대로였고, 에이다의 음성은 들리지 않았다. 화면은 살아 있었지만 응답하지 않았다. 진우는 키보드를 눌렀다.

'진단'
'재실행'
'복구'

차례로 입력했지만, 화면은 아무 변화 없이 정지된 상태를 유지했다. 손을 내려놓고 몸을 등받이에 맡긴 진우는, 조용히 눈을 감았다. 입술이 열릴 듯 떨리다 멈췄고, 반사된 화면의 빛이 눈동자 위에서 흔들리다 멈췄다.

진우는 여전히 움직이지 않는 화면을 바라봤다. 그러나 그 얼굴에는 이전에 보이던 불안함이 없었다. 무언가를 잃은 사람처럼, 동시에 무언가를 더 이상 기다리지 않는 사람처럼. 다만 그 조용한 정지 속에, 시간을 떠보는 듯 앉아 있었다.

진우는 예전처럼 불안해하지 않았다. 멈춘 것도, 지금은 괜찮다고 느껴졌다.

다음 날, 진우는 학교 복도를 걸어 발표 수업 준비실로 향했다. 책가방 끈을 어깨에 올린 손이 조용했고, 그림자 하나가 문 옆 바닥을 따라 천천히 움직였다. 칠판 옆, 스크린 불빛이 천천히 켜졌다. 진우는 마이크 없이 그 앞에 섰다. 스크린엔 진우가 만든 게임 프로그램이 띄워져 있었다.

제목은 "머릿속 대기실".

게임은 정지된 캐릭터로 시작된다. 사용자가 질문을 입력하면, 그에 따라 하나의 출력이 나타나는 방식이다.

진우는 손에 아무것도 들고 있지 않았다.
"처음엔, 아무 말도 나오지 않아요."

목소리는 작았지만 끊기지 않았다.
"대답보다... 기다리는 게 중요한 게임이에요."

유진과 민재는 뒤쪽 자리에서 고개를 들었다. 하늘은 손에 쥔 볼펜을 멈추고 화면을 바라봤다. 진우는 설명을 더하지 않았다. 코드는 자기 흐름대로 움직였고, 아무 질문도 입력되지 않았지만 화면에 천천히 글자가 나타났다.

지금, 그냥 멈춰 있어도 돼.

말보다 먼저 도착한 허락. 교실은 고요했고, 그 정적이 그날 발표의 핵심이 되었다. 종이 울린 뒤, 박수 소리가 교실 천장 아래로 번졌다. 진우는 고개를 숙이지 않았다. 교단 아래를 지나며, 뒷벽에 붙은 알림판을 잠깐 바라봤다.

그날 마지막 수업이 끝나고, 진우는 조용히 복도를 걸었다. 교실 문이 반쯤 열려 있었고, 바람이 분 것도 아닌데 커튼이 천천히 흔들리고 있었다. 그 옆에, 나나쌤이 서 있었다. 잠깐, 아무 말 없이 시선이 마주쳤다. 그 짧은 순간, 나나쌤의 입가에서 한 줄이 조용히 흘러나왔다.

"넌... 답을 말하던 아이에서, 생각을 보여주는 아이가 되었구나."

그 말은 누구에게도 들리지 않았다. 어디에도 남지 않았다. 진우는 그 말을 붙잡지 않았다. 교실 문을 밀고, 복도 쪽으로 걸음을 옮겼다. 닫히는 문 사이, 햇빛 한 줄기가 그의 어깨 위에 내려앉았다가 사라졌다.

며칠 뒤, 기말고사 날. 책상 위엔 조금 낡은 시험지가 놓여 있었다. 반들거리지도 않았고, 가장자리에 접힌 자국이 남아 있었다. 종이를 펴자 한쪽이 살짝 들썩였다. 진우는 그 움직임을 가만히 바라봤다. 시작 종이 울리고, 첫 문제는 이렇게 쓰여 있었다.

'이 문제에 대한 자신의 생각을 자유롭게 써보세요.'

진우는 연필을 들었지만 바로 움직이지 않았다. 머릿속에 가장 먼저 떠오른 건 '왜?'였다. 그 한 글자가 종이 위에 맴돌았다. 숫자도 아니었고, 공식도 없었다. 손끝은 멈춘 채, 눈은 앞을 보지 않고 종이의 텅 빈 공간을 바라봤다.

뒤쪽에선 시험지 넘기는 소리, 지우개를 쥔 손의 떨림, 누군가가 발을 흔드는 리듬. 진우는 아무것도 쓰지 않았고, 아무것도 지우지도 않았다. 그 순간, 교실 밖에서 새가 날아가는 소리가 들렸다. 진우는 고개를 들었다. 창문 바깥 나뭇잎이 흔들렸고, 그 아래 조용한 하늘이 걸려 있었다.

그걸 보며, 진우는 혼잣말처럼 물었다. 왜 꼭 정답이어야 하지? 아니, 지금 이 순간에도 정답을 써야 하는 걸까. 연필 끝이 종이를 눌렀다. 숫자 대신 처음 적는 건 말이었다. 채점되지 않는. 누구에게도 보이지 않는 글. 스스로를 향해 조용히 꺼낸 말이었다.

"모르는 걸 안다고 말하는 대신, 아는 척하지 않고 기다려보는 건 어때?"

그걸 다 쓰고 나서야 진우는 고개를 들었다. 교실은 여전히 조용했고,

선생님은 시험지를 정리 중이었다. 진우는 다음 줄을 쓰지 않았다. 연필을 내려놓고 종이를 손바닥으로 한 번 눌렀다. 다 쓰지 않은 시험지였지만, 어쩐지 가장 많은 말을 담은 것 같았다. 진우는 잠깐, 고개를 떨궜다. 그리고 혼잣말처럼 뿌듯해하며 입을 열었다.

"이번엔, 정답 말고 진짜 내 생각을 써봤어."

시험이 끝나자, 가방이 하나둘 비워지고 의자들이 제자리로 돌아가고 있었다. 하지만 진우는 창가 자리에 앉아 움직이지 않았다. 창문 너머로 구름은 흐르지 않았고, 유리에는 희미한 물방울 자국이 눌려 있었다. 누가 닦은 건지, 비가 지난 건지 알 수는 없었다. 그저, 그 흔적이 잠깐 머물러 있었다.

책상 위엔 복사된 답안지가 펼쳐져 있었다. 붉은색 펜으로 체크된 표식이 한눈에 다섯 개. 진우는 그걸 세지 않았다. 세지 않아도 충분히 또렷했으니까.

"야, 몇 개 틀렸냐?"

뒤쪽에서 누군가가 물었지만 진우는 대답하지 않았다. 그 목소리는 이내 웃음소리 사이에 섞여 사라졌다. 그 자리에 남은 건 진우의 눈앞에 놓인 말 하나였다.

'우리는 정답을 고르기보단, 질문을 오래 붙잡는 쪽으로 살아야 한다.'

그 말은 진우가 시험 시간에 썼던, 그중에서도 유일하게 지우개를 한 번도 대지 않았던 글이었다.

그 옆에 커다랗게 X 표시가 그어져 있었다.

'정답과 무관한 서술'

짧은 판정이 빨갛게 박혀 있었지만, 진우는 펜을 들지 않았다. 그 대신, 손끝으로 종이 귀퉁이를 살짝 접었다.

창밖에서 작은 빗방울이 유리창을 톡 하고 쳤다. 한 번, 또 한 번. 물방울이 흐르며 글자 끝을 따라 미끄러졌다. 진우는 조용히 연필 뚜껑을 닫았다. 그 순간, '틀림'은 누군가의 기준이었고 그 옆에 남은 말은 분명히 진우의 것이었다.

누가 채점했든, 누가 맞고 틀리다고 해도 그 글을 쓴 손은 진우의 것이었고 그 생각을 꺼낸 시간도 진우의 시간이었다. 그 위에 남겨진 건 점수보다 오래 남을 질문 하나였다.

"왜 이 말은 틀렸을까?"

진우는 그 질문을 답 안에서 찾으려 하지 않았다. 그 대신, 다음 장을 넘기지 않은 채 종이를 천천히 접었다. 답안지 위에 자기 생각 하나가 그대로 남아 있었다. 그리고, 진우는 속으로 짧게 중얼거렸다.

"틀렸는데... 기분은 나쁘지 않네."

보건실 옆, 약간 삐걱대는 문을 지나 상담실로 들어섰을 때, 진우는 자동으로 발소리를 낮췄다. 창문엔 흰 커튼이 반쯤 쳐 있었고, 햇빛은 커튼 사이로 길게 밀려들었다. 탁자 위엔 종이컵 두 개가 나란히 놓여 있었고, 컵 안의 물은 아직 손 타지 않은 온도를 가지고 있었다.

진우는 의자에 천천히 앉았다. 앉자마자 무릎을 모으고, 손은 탁자 위에서 서로를 감듯 모았다. 나나쌤은 바로 말을 꺼내지 않았다. 손에 든 차트만 가볍게 넘기며, 시선을 오래 붙잡지 않고 페이지만 가볍게 훑었다. 진우는 창밖을 보다가 작은 목소리로 말했다.

"여기는 시끄럽지 않아서 좋은 거 같아요, 나나 선생님."

그 말에 나나쌤은 말없이 웃었다. 책상 한쪽에 놓인 연필꽂이를 한 손으로 빙 돌려보다가 다시 시선을 진우에게 옮겼다. 진우는 시선을 돌리지 않고, 조금 더 낮은 목소리로 덧붙였다.

"요즘엔... 뭔가 쓰는 게 무섭진 않아요. 틀릴까 봐 안 쓰던 때랑은 좀 달라졌어요."

잠깐 고개를 떨구며, 입을 열었다. 혼잣말처럼 뿌듯하게 이어진 말.

"그 질문에 동그라미는 없었지만... 그래도 저의 생각이긴 했으니까요."

나나쌤은 작게 웃었다. 소리는 나지 않았지만, 그 조용한 움직임은 방 안의 공기를 살짝 기울게 했다. 진우는 그 웃음을 듣지 않았고, 들었다고 생각하지도 않았다. 컵을 들어 올리는 손끝에 조심스러움이 걸려 있었고, 입은 닿지 않은 채, 손가락만 컵의 가장자리를 천천히 한 바퀴 돌렸다. 책상 위로 빛이 하나둘 쏟아졌다. 바깥 날씨는 관심 밖이었다. 말이 오가지 않아도, 자리를 차지한 시간은 어긋나지 않았다.

잠깐의 숨 고르기. 그 사이 나나쌤이 들고 있던 차트를 가볍게 접었다. 접힌 소리보다 먼저, 눈빛이 살짝 바뀌었다.

"넌 이제 공부를 하는 게 아니라… 질문을 하더라."

진우는 고개를 들었다. 말의 끝을 붙잡지 않았고, 눈을 크게 뜨지도 않았다. 하지만 그 말은, 들린 순간부터 다시 한번 속에서 반복됐다.

질문을 하더라.

그건 누가 시킨 것도 아니고, 평가하듯 던진 말도 아니었다. 마치, 오래된 문을 열었더니 그 안에 사람이 앉아 있었던 느낌.

"그거, 괜찮은 건가요?"

진우의 입에서 나온 말은 작았다. 작았지만 그 안엔 아주 오랫동안 말하지 못한 마음 하나가 조용히 실려 있었다.

나나쌤은 고개를 약간 기울였다.

"너한테 괜찮은 일이면, 괜찮은 거지."

진우는 탁자 아래 발끝을 천천히 움직였다. 딱 한 번, 마치 생각을 밀어내듯 가볍게 바닥을 밀었다. 그 찰나의 움직임 속에서 무언가 마음 안에 자리를 잡았다. 그건 말로 나오지 않았고, 컵 옆에 살짝 내려앉은 공기처럼, 조용히 남았다.

'나, 이제 답보다 질문이 더 오래 남는 것 같아.'

입 밖으로는 꺼내지 않았지만, 이미 어느 곳에선가 자리하고 있었고, 그건 나나쌤의 말보다 더 오래 기억 속을 떠돌았다.

진우는 상담실을 나서며 문고리를 아주 천천히 눌렀다. 삐걱거리는 소리를 들려주고 싶지 않은 듯, 그 움직임마저 조심스러웠다. 그때, 뒤쪽에서 나나쌤의 목소리가 다시 들렸다.

"질문은 가끔, 아무도 듣지 않아도 괜찮아."

진우는 돌아보지 않았다. 주머니 속 손가락만 조용히 움찔했고, 그 순간 마음 한편에 새로운 질문 하나가 자리 잡기 시작했다. 이름도 없고, 누구에게 묻는 것도 아닌 질문. 하지만 그건, 어떤 대답보다 오래 남을 기세였다.

수업이 끝나고 교문을 나설 때, 진우와 하늘은 따로 말하지 않았지만, 걷는 방향은 자연스럽게 같아졌다. 정해놓은 길은 없었다. 하지만 발걸음은 같은 박자를 유지했다.

학교 옆 골목길. 잎사귀 몇 개가 돌기둥 아래 눌려 있었고, 하늘이 발끝으로 그중 하나를 가볍게 밀었다.

바삭.

진우는 고개를 돌리지 않고, 그림자 너머로 하늘이 걷고 있다는 것만 느꼈다. 그때, 하늘이 입을 열었다.

"너, 어릴 때 뭐 되고 싶었어?"

차곡차곡 쌓여 있다가 드디어 나온 질문 같았다. 진우는 바로 대답하지 않았다. 말이 멈췄다고 해서, 그 물음이 멀어지지는 않았다.

조용한 걷기. 그리고 이어진 하늘의 목소리.

"나는 말이 계속 바뀌는 간판 만드는 사람 되고 싶었어."

진우가 하늘 쪽으로 고개를 약간 돌렸다. 하늘은 앞만 보고 있었.
"정류장 이름이나 가게 이름 같은 거 있잖아. 딸깍, 딸깍 바뀌는 간판."

"왜?"

진우의 물음은 무심한 척했지만, 어딘가 집중돼 있었다.

"글자가 딱 멈춰 있으면 그 말 안에 들어갈 틈이 없잖아. 근데 계속 바뀌면… 읽는 사람도 생각하게 되지 않을까 싶어서."

하늘의 말은 길지 않았지만, 그 조각이 진우의 속에서 천천히 돌기 시작했다. 둘은 계속 걸었다. 대화는 이어지지 않았지만, 그 조용함은 말보다 더 오래 연결되는 중이었다. 잠시 뒤, 진우가 조용히 말했다.

"나는, 꿈 같은 건 그냥… 문제 잘 풀면 되는 줄 알았어."

하늘은 멈추지 않고 걸었다. 고개도 돌리지 않고, 바람을 보는 사람처럼 말했다.

"그런 줄 알았던 적, 나도 있었어."

그 말 이후, 둘은 잠시 조용히 걸었다. 길이 끝나갈 무렵, 신호등이 빨간불로 바뀌었고, 둘은 동시에 멈췄다. 진우가 물었다.

"근데 그 간판, 고장 나면 어쩌지?"

하늘이 살짝 웃었다.

"그럼 더 좋지. 고장 났는데도 계속 바뀌면... 그게 진짜 감정일 수도 있잖아."

초록불이 켜졌고, 둘은 천천히 걸음을 옮겼다. 아무 말도 없었지만, 그날 하늘에 쌓인 말들은, 그 어떤 교과서보다 더 오래 기억 속에 머무를 준비를 하고 있었다.

진우는 하늘의 말이 끝난 뒤, 잠시 입술을 다물고 고개를 숙였다. 바로 대답하지 않는 사이, 머릿속 어딘가에서 간판 하나가 또각또각 바뀌기 시작했다.

공공장소에서 흔히 보이는, 글자가 천천히 뒤집히며 바뀌는 간판. 그 소리도 떠올랐다. 딸깍, 딸깍. 지금 자기 속 생각도, 그렇게 느리게 움직이고 있었을지도 몰랐다.

학교를 나와 도로를 건넌 뒤, 골목 안쪽 벤치로 둘은 걸음을 옮겼다. 한쪽엔 오래된 가게, 다른 쪽엔 낙엽이 모인 화단. 벤치에 도착했을 땐, 두 사람 다 아무 말 없이 주저앉았다. 등받이에 등을 기대진 않았고, 허리를 약간 구부린 채 손을 무릎 위에 올려두었다.

하늘은 가방 속을 천천히 뒤졌다. 검은 펜과 손수건 사이에 낀 종이 하나를 꺼냈다. 사진이었다. 사진 가장자리는 손때가 묻은 듯 부드럽게 말려 있었고, 사진 속 인물은 활짝 웃고 있었다. 풍선을 들고 있던 아이는 뺨이 붉게 물들어 있었고, 뒤쪽 간판엔 흐릿한 글씨가 찍혀 있었다.

'환영합니다.'

하늘은 그 사진을 무릎 위에 올려두고 조용히 말했다.

"이거... 엄마가 줬는데.

손끝으로 사진을 눌렀다.

"나는, 이 장면 기억이 없어."

진우는 사진을 바라보다 시선을 살짝 옆으로 돌렸다. 하늘은 눈동자를 떨지 않고, 그 사진만 계속 바라보고 있었다.

"제일 행복했을 때라는데... 나는 잘 모르겠어."

하늘은 사진 속의 웃음과 지금 자신의 얼굴을 비교하는 듯, 조용히 눈을 깜빡였다. 사진 속 아이는 명랑해 보였지만, 그게 '기억 안 나는 자기'라면 무엇이 진짜인 건지 잠깐 멈칫하는 표정이었다. 진우는 입을 열었다.

"나는 반대야."

손가락 끝이 무릎 위 천을 살짝 잡았다.

"그날 기억은 나는데... 그 안에 내가 뭘 느꼈는지가 빠져 있어."

둘 사이엔 말이 끊겼다. 하지만 그 멈춤은 어색하지 않았다. 벤치 아래 작은 벌레 한 마리가 기어갔고, 진우는 시선을 아래로 내렸다가, 다시 올렸다.

하늘은 사진을 다시 들고 햇빛 쪽으로 비춰보았다. 종이 너머로 빛이 통과하면서, 배경이 조금 더 흐려졌다. 사진 속 풍경은 손끝에서 흔들렸고, 그 안에 있었던 아이는 그 흔들림 속에서 더 이상 말을 걸어오지 않았다.

"여기 있는 나는... 내가 아니었던 걸까?"

하늘은 혼잣말처럼 말했다. 눈을 진우에게 두지 않고, 빛에 들어온 먼지들 사이에 시선을 머물렀다. 진우는 대답하지 않았다. 그 말은 되묻지도, 붙잡지도 않았다. 말이라는 게 꼭 정답을 향해 가야 하는 게 아니라는 걸 둘은 동시에 느끼고 있었다.

바람이 한 번 크게 불었고, 하늘은 사진을 두 손으로 감싸듯 잡았다. 그러곤 가볍게 무릎 위에 내려놓았다.

사진은 추억이라기보다 수수께끼처럼, 둘 사이에 내려앉았다. 완전히 이해되지 않았고, 완전히 사라지지도 않았다. 어딘가 절반쯤에서 맴도는, 도착하지 않은 무언가처럼 남았다.

밤이 깊어졌다. 진우는 발소리를 죽인 채 부엌으로 향했다. 형광등은 켜지지 않았고, 냉장고 문틈으로 새어 나온 불빛이 타일 위를 얇게 덮고 있었다. 그 빛은 걸음을 멈추게 하진 않았지만, 잠시 주춤하게 만들었다.

찬장을 열었다. 컵 두 개. 유리끼리 살짝 부딪히는 소리가 새어 나왔다. 물을 따르는 소리. 뒤에서 발소리가 들렸다. 아버지였다. 말없이 식탁에 앉았다. 진우는 준비한 컵을 식탁 위로 옮기고, 아버지 앞에 하나를 놓았다. 한동안 아무 말도 없었다. 냉장고 소리만 작게 깔려 있었다. 아버지가 컵을 들었다.

"… 요즘 너, 좀 달라졌더라."

살짝 떨리는 목소리.

"예전엔… 로봇처럼 딱딱했는데."

진우는 말하지 않고 고개만 살짝 숙였다. 아버지는 고개를 끄덕였다.

"근데 그게 더 좋아. 지금이."

진우는 잠깐 멈춰 있다가, 다시 컵을 들었다. 물은 반쯤 남아 있었고, 그 안에 비친 자신의 얼굴은 아주 흐릿했다. 입을 열지는 않았지만, 아버지의 말은 물 위에 한 번 더 파동을 남기듯 조용히 울렸다.

컵을 식탁에 내려놓고, 조용히 자리에서 일어섰다. 불은 여전히 켜지지 않았고, 부엌을 나서는 아버지의 뒷모습엔 아무 장식도 걸려 있지 않았다.

그 말만 남았다. 달라졌다는 말. 좋다는 말. 그건 누가 적지 않아도, 기억이 알아서 붙잡을 것이었다.

진우는 컵을 놓고 조용히 눈을 떨궜다. 손끝은 테두리를 따라 천천히 돌았고, 그 안에서 무언가가 지나가고 있었다. 시간은 그대로 흘렀지만, 방 안의 움직임은 마치 눌린 듯 천천히 가라앉았다. 오히려 그 무언의 흐름이 서로를 밀지 않고, 멈추게 하지도 않는 어떤 틈을 만들고 있었다.

말보다 먼저 다가온 공기가, 지금 이 순간만큼은 서로를 조금 느긋하게 했다. 아직 식지 않은 컵의 온도가 두 사람 사이에 남아 있었다.

다음날 아침, 학교 컴퓨터실. 벽시계는 아직 8시를 넘기지 않았고, 교실 안엔 네 명뿐이었다. 전국 청소년 창의 코딩 대회를 앞두고, 진우와 친구들은 아침 일찍부터 모니터 앞에 앉아 있었다. 어제도 늦게까지 남아 코드 정리를 했고, 며칠 동안은 쉬는 시간마다 기획을 고쳐 썼다. 서로의 말에 끼어들던 일도 있었고, 화면 앞에서 몇 분간 아무 말도 없이 머뭇거리기도 했다.

몇 주 전부터 그 시간들이 반복됐다. 학교가 끝난 뒤, 다들 하나둘 교실을 떠날 때쯤이면 진우네 팀은 노트북을 펴고 다시 모였다. 하늘은 초안을 계속 새로 그렸고, 민재는 자잘한 오류를 잡기 위해 같은 파일을 반복해서 돌렸다. 유진은 기능별 흐름을 정리했고, 진우는 코드의 구조를 바꾸며 조율했다.

처음엔 작은 게임 하나 만들자는 얘기였지만, 시간이 흐를수록 그 안엔 각자의 생각이 조금씩 얹혔다. 질문처럼 시작된 프로젝트는 점점 팀 전체의 언어가 되었다.

대회 날, 네 사람은 같은 시간에 학교 앞에서 모였고, 함께 이동했다. 대회장에 들어서자 낯선 천장이 머리 위로 펼쳐졌다. 줄지어 매달린 LED 조명이 바닥을 따라 조용히 흐르고 있었고, 아이들의 걸음은 그 빛 안에서 천천히 움직이고 있었다. 말은 거의 없었지만, 공간엔 긴장감이 낮게 깔려 있었다.

각 팀마다 책상 하나, 노트북 한 대, 의자 네 개가 준비되어 있었다. 진우는 지정된 자리 앞에서 잠깐 숨을 고르고, 책상 가장자리에 손을 올렸다. 손바닥 아래로 닳은 모서리의 거친 면이 느껴졌고, 그 촉감은 어쩐지 마음을 조금 단단하게 붙잡아주는 것 같았다.

"타이머 확인."
유진이 낮은 목소리로 말했다.

하늘은 초안이 담긴 파일을 열어 모니터를 돌렸다. 민재는 이어폰 한 쪽을 귀에서 빼내며 말했다.

"이번엔 소리 없는 게임으로 가자. 소리 말고 리듬으로 반응하는 구조."

진우는 고개를 살짝 끄덕였다. 하늘이 모니터를 보며 중얼였다.
"기다림부터 넣자."

진우는 키보드 위에 손을 얹고, 첫 줄을 천천히 입력했다.

변수 기다림 = 시작;

모두의 눈이 그 문장에 머물렀다. 아무 반응도 없었지만, 그 한 줄은 방향을 정하고 있었다.

"이건 시작하자마자 뭔가를 하는 게 아니야. 기다려야 작동하는 거야."

유진이 고개를 들었다.
"그러면 플레이어가 당황하겠는데?"

민재는 웃으며 말했다.

"그래서 좋아. 당황한 상태에서 리듬을 느껴야 하니까."

하늘은 창밖을 바라보다 짧게 웃었다.
"게임 이름 바꾸자. '아무것도 안 하면 시작되는 게임' 어때?"

진우가 고개를 살짝 흔들며 말했다.
"너무 길어."

유진은 웃으며 자판을 두드렸다. 네 명의 손가락이 각자의 속도로 키보드를 누르기 시작했고, 서로 다른 문장이 하나의 화면에 얹혀 가기 시작했다. 진우는 다음 줄을 입력했다.

조건 (사용자 입력 = 없음) 게임 시작;

민재가 말했다.
"입력 안 해야 시작된다니, 완전 반대로 간다."

하늘이 조용히 말했다.
"그래서 생각이 자라. 뭔가 안 하고도 시작되는 건... 마음이 자라는 느낌이야."

그 말에 누구도 대답하지 않았지만, 한참 후에 진우가 다음 줄을 입력했다.

변수 화면 문구 = "아직 아무것도 하지 마세요";

대회장 안은 조용했지만, 정적은 깔려 있지 않았다. 코드는 흐르고 있었고, 마음도 그 안에서 천천히 걸음을 맞추고 있었다. 진우는 한 줄을 더 입력했다.

변수 리듬 = 기다림에서 태어남;

하늘이 중얼였다.
"리듬은 감정이 지나간 자리야."

신우는 아무 말도 하지 않았다. 모니터 속 커서가 껌뻑이는 그 앞에서, 다음 줄을 생각하고 있었다. 아직 쓰지 않은 그 줄 안에서, 무언가가 시작되고 있었다.

프로그램 실행 버튼이 눌리는 순간, 화면 위에 떠오른 첫 장면은 차분했고 팀원들의 눈빛도 정돈돼 있었다. 시작되었다는 걸 아무도 말하지 않았지만, 모두가 알고 있었다. 그 화면엔 각자의 생각이 얹혀 있었고, 몇 주 동안 쌓인 밤들이 코드에 남아 있었다.

3분 40초.

진행되던 화면이 갑자기 멈췄고, 오른쪽 위에 작은 창이 떴다.

'서버 연결 끊김 – 입력값 오류'

진우가 마우스를 움직였지만, 커서는 그대로였다. 움직이지 않는 모니터 앞에서 시간만 흐르고 있었고, 심사위원 중 한 명이 조용히 파일명을 눌렀다가 손을 뗐다.

"보류합니다."

공기 위로 떨어진 한 마디였다. 유진은 그 말이 끝나자 고개를 숙였고, 시선은 바닥의 타일 줄을 따라 움직였다. 하늘은 아무 반응 없이 한쪽 눈을 잠깐 감았다가 떴고, 이마를 쓰다듬지도, 손을 흔들지도 않았다.

"다시 하자."

그 말엔 위로나 포기가 없었다. 그냥 그 방향으로 다시 걸어가겠다는 느낌. 민재는 말없이 마우스를 다시 집었고, 이번엔 왼손으로 클릭했다. 진우는 그 셋을 보지 않았다. 노트북을 닫고 다시 켰다. 부팅되는 동안 두 손을 무릎 위에 올리고 있었다. 손끝 하나도 움직이지 않았고, 눈도 감지 않았다.

화면이 다시 켜지자 새 프로젝트 창을 열었다. 파일명은 입력하지 않았다. 복사도 없었고, 이전 버전도 불러오지 않았다.

변수 상태 = 멈춤;

그 줄을 적은 뒤, 손을 뗐다. 잠깐 후, 유진이 다가와 자기 USB를 꽂았다. 자리를 바꾸지 않고 말했다.

"내가 인터페이스 다시 짤게."

하늘은 고개를 끄덕였고, 민재는 그림 파일 하나를 열어 폴더에 넣었다. 배경은 전보다 더 단순한 구성으로 바뀌었다. 진우는 다시 타자를 쳤다.

조건 (다시 가능하다면) 게임 시작;

유진은 화면을 나눴고, 하늘은 코드를 읽다 말고 한 줄을 바꿨다. 민재는 작은 소리로 웃으며 중얼거렸다.

"이번엔 질문부터 띄우는 걸로 하자. 답은… 늦게 나오게."

진우는 대답하지 않았다. 대신 커서 아래에 다음 줄을 입력하기 시작했다. 속도는 느렸지만 멈추지 않았고, 그 흐름에 모두가 각자 자기 손을 얹었다. 누가 어떤 줄을 썼는지는 보지 않아도 알 수 있었다. 코드 안의 속도, 말투, 연결 방식이 모두 달랐기 때문이었다.

함께 있는 이들이었지만, '팀'이라는 말보다 더 가까운 무언가가 그 자리엔 놓여 있었다. 말하지 않아도 전해지는 느낌이 처음으로 명확해졌고, 누구도 그것을 부정하지 않았다.

오후 4시. 결선이 끝났다는 방송이 스피커를 타고 흘렀다. 빛이 약해진 천장 아래에서 테이프 조각들이 천천히 바닥으로 내려왔다. 그건 축하의 장면보다는, 어떤 시간의 끝이 내려앉는 모양 같았다.

하늘은 책상 옆으로 떨어진 조각 하나를 손끝으로 쓸어냈다. 의미는 없었지만, 손에 무언가를 잡고 싶은 마음은 남아 있었다. 무대 앞 대형 스크린엔 입상 팀 명단이 올라갔다. 순서대로 이름이 올라가고, 팀명이 불렸다.

진우는 그 목록을 끝까지 읽지 않았다. 처음부터 자신들의 이름이 거기 없을 거라 알고 있었다. 유진은 조용히 숨을 삼켰고, 민재는 모니터를 껐다. 하늘은 물병 뚜껑을 닫았고, 셋 다 입을 열지 않았다. 평소 같았다면 서로 장난을 쳤겠지만, 그날은 그러지 않았다.

진우는 노트북을 열었다. 폴더 안에는 이름이 딱 하나 적힌 파일이 있었다.

'최종_줄.txt'

마우스를 올리고, 두 번 클릭했다. 파일은 열렸고, 그 안엔 한 줄이 남아 있었다.

"코드는 틀릴 수 있어도, 누구와 썼는지는 기억나야 하니까."

하늘이 옆에서 물었다.
"방금 쓴 거야?"

진우는 대답하지 않았다. 천천히 화면을 덮고, 조용히 자리에서 일어났다. 그때, 조명이 강당 뒷벽에 반사되고 있었다. 누군가의 이름은 없었지만, 그 빛은 바닥에서 다시 올라와 진우의 발끝 근처까지 흘러 들어왔다. 그 아래로 진우는 한 걸음 걸었다. 다른 아이들보다 딱 한 박자 느리게.

유진이 옆으로 다가와 말했다.
"그래도, 이건 오래 기억날 것 같아."

민재도 따라 걸으며 한 마디 더했다.
"우리끼리 만든 게, 그냥 제일 진짜였던 것 같기도 하고."

진우는 아무 대답도 하지 않았다. 앞쪽 벽을 향해 한 번 고개를 들었고, 조명의 흐름을 잠깐 바라봤다. 빛은 변하지 않았고, 그날의 시간은 그렇게 끝으로 이어지고 있었다.

상은 없었지만, 진우는 손안에 어떤 걸 꼭 쥔 것 같은 기분이 들었다. 그건 눈에 보이지 않았지만, 누구와 썼는지 기억나는 코드. 그걸 함께 만든 날의 흐름. 그게 진짜 남은 줄이었다.

교실에 종이 한 장 날아든 것처럼 조용했다. 창문은 닫혀 있었지만,

커튼 틈 사이로 들어온 빛이 칠판 위에 그림자를 드리웠다. 진우는 맨 앞줄에 앉아 있었다. 어제보다 조금 더 깊숙이 기대 있었고, 팔은 책상 위에서 움직이지 않았다.

나나쌤은 교탁에 서 있었다. 출석을 부르지도 않았고, 수업 시작을 알리는 말도 없었다. 대신 종이 한 묶음을 들고 교실 안을 천천히 걸었다.

"오늘은 문제 대신, 질문을 나눌 거야."

목소리는 낮고 또렷했다. 아이들의 고개가 하나씩 들렸고, 진우도 눈을 떴다. 나나쌤은 책상마다 쪽지를 한 장씩 내려놓았다. 종이엔 숫자도, 선택지도 없었다. 하나씩 적힌 문장들만 조용히 놓여 있었다.

"공부는 언제 멈추는 걸까?"
"틀렸던 적, 다시 돌아가 본 적 있어?"
"내가 좋아하는 질문은 뭐였을까?"

진우는 받은 쪽지를 바로 보지 않았다. 손끝으로 종이 가장자리를 한 번 접었다가 펼쳤다. 조심스럽게 시선을 내렸을 때, 눈앞에 글이 들어왔다.

"다른 사람의 생각을 따라 쓰는 건 공부일까?"

그는 대답을 떠올리지 않았다. 종이를 가방 안에 조심스레 넣었다. 책이나 노트처럼 다루지 않고, 깨지기 쉬운 무언가처럼.

"오늘 이 질문들엔 정답이 없어. 대신… 너희들이 나중에 스스로 물어보게 될 거야."

나나쌤은 분필을 들었지만, 칠판에 아무것도 쓰지 않았다. 손끝으로 칠판 표면을 살짝 짚고, 분필을 다시 내려두었다. 그 순간, 복도에서 멀어져 가는 발걸음 소리가 들렸다. 다른 반 수업은 이미 시작된 듯했지만, 이 교실만은 조용했다.

"진짜 공부는 말이야,"
나나쌤이 마지막으로 말했다.

"모두가 말하는 걸 쓰는 게 아니라, 아무도 묻지 않은 걸 스스로 묻는 거야."

그 뒤로 교실은 한동안 움직이지 않았다. 누구도 손을 들지 않았고, 장난도 없었다. 하지만, 공기 어딘가가 살짝 바뀐 듯한 기분이 남았다. 진우는 고개를 살짝 떨구며 혼잣말처럼 말했다.

"… 그러면, 내 공부는 아직 안 끝난 거네."

그 말은 누구에게도 들리지 않았지만, 그의 펜은 조용히 움직였다. 쪽지 한쪽, 질문 옆에 작은 점이 하나 찍혔다. 그건 마침표처럼 보였지만, 그보다도 다음 줄을 준비하는 표시처럼 느껴졌다.

잠시 뒤, 쉬는 시간 복도에서 누군가가 진우를 불렀다. 잠깐 고개를 들고 그쪽을 바라보다, 다시 걸음을 옮겼다.

멍하니 바라보던 신문 동아리실 문이 덜컥 열렸다. 프린터 위엔 종이 두 장이 조금씩 인쇄되고 있었고, 머리부터 어깨까지 열기로 싸인 듯한 공기가 천천히 퍼지고 있었다. 진우는 가까이 다가가, 화면에 떠 있는 글을 바라보았다. 제목은 또렷했다.

(에이다와 인간 사이에서 : 대답보다 질문이 가까운 곳)

글에는 어려운 표현이 없었다. 대답 대신 질문의 자리를 남겨둔 구성. 생각이 흘러가다가 멈출 수 있도록, 일부러 비워둔 줄도 있었다.

    에이다는 빠르지만,
    그만큼 나를 놓치기 쉬웠다.

    질문이 많아질수록,
    나는 오히려 조용해졌다.

    그리고 멈추었을 때,
    그제야 생각이 나를 따라왔다.

    …

진우는 마지막 줄 아래 커서를 두고 있었다. 손은 멈춰 있었고, 그 자리엔 아무 말도 입력되지 않았다. 그때, 유진이 조용히 다가왔다. 화면을 어깨너머로 천천히 내려다보다가, 입을 열었다.

"그 줄엔... 읽는 사람이 직접 써야 하는 공간 같아."

목소리는 낮았고, 말은 길지 않았지만, 그 말은 글의 마지막을 덮는 마무리 같았다. 진우는 고개를 돌렸다. 유진은 무표정한 얼굴로 음료 하나를 툭, 책상 위에 내려놓고 다시 나갔다.

진우는 다시 화면을 바라보았다. 커서가 깜빡이는 그 빈 줄이 조금 더 깊게 느껴졌다. 그 자리에 무언가를 쓰기보다, 누군가가 멈춰주기를 바라는 마음이 더 앞서 있었다.

프린터가 마지막 소리를 남기고 멈췄다. 진우는 출력된 종이를 손에 들었다. A4 두 장. 종이는 가볍지만, 손에 남는 무게가 어쩐지 달랐다. 복도에 나왔을 때, 유진이 앞서 걷고 있었다. 진우는 그 뒤를 따라가며 작게 불렀다.

"유진아."

유진은 고개를 돌리지 않고 말했다.
"왜?"

진우는 짧게 말했다.
"그 음료... 생각보다 맛없더라."

유진이 돌아봤다.
"야, 초코라떼 안 좋아하냐? 그거 인기 많은 건데?"

진우는 말없이 유진 옆으로 걸음을 맞췄다. 그 사이에 잠깐의 정적이 흘렀고, 이번엔 유진이 먼저 틈을 채웠다.

"너 말투, 요즘 좀 사람 같아졌어."

진우는 작게 말했다.
"원래도 사람이었거든."

유진은 피식 웃었다.

"그래, 인정. 근데 예전엔 네 말이 항상 정답처럼 들렸거든. 지금은 좀... 궁금해지긴 해. 넌 다음에 무슨 말을 할까."

진우는 대답하지 않았다. 대신 복도 끝 게시판 쪽으로 향했다. 유리판 아래에 방금 출력한 글을 클립으로 고정했다. 눈에 잘 띄지 않는 아래쪽 모서리. 누군가 일부러 고개를 숙이지 않으면 보이지 않는 자리.

그 자리에 두고 싶은 이유가 분명했다. 누군가 멈춰주기를 바랐다.

그 빈 줄을 바라봐 주기를. 그리고 자기 속도로, 자기만의 말을 거기다 써주기를.

진우는 고개를 들었다. 바람이 복도를 한 바퀴 돌았다. 이번엔 누가 알려주지 않아도 스스로 다음 코드를 이어 쓰고 싶어졌다.

복도 중간쯤, 게시판 아래에서 아이들이 웅크리고 있었다. 하늘은 벽에 기대 있었고, 민재는 스테이플러 자국 옆을 손끝으로 짚었다.

"이거, 진우 글이지?"
하늘이 말했다.

진우는 가까이 가지 않았다. 몇 걸음 떨어진 자리에서 걸음을 천천히 늦췄다.

"제목이 너무 진우 같잖아. '대답보다 질문이 가까운 곳'이라니."

민재는 중얼이며 종이 아래를 가볍게 들었다. 그 순간, 복도 끝 교무실 문 앞에서 가볍게 두드리는 소리가 들렸다. 잠깐 정적이 생겼고, 하늘이 다시 입을 열었다.

"그래도... 그 코드, 좋더라."

진우는 걸음을 멈췄다. 멀리서 본 게시판의 한 귀퉁이가 바람에 살짝 들려 있었고, 그 아래에 인쇄된 이름이 눈에 들어왔다. 그 이름을 읽는 건 누구보다 자신이었다. 하지만 소리 내어 부르지 않았다.

민재가 말했다.
"진우는 가끔… 말보다 코드가 더 솔직한 것 같아."

진우는 대꾸하지 않았다. 가방끈을 고쳐 맨 채, 종이 아래 한 귀퉁이만 조용히 바라봤다. 누군가 지나가며 물었다.

"이거 누가 작성한 코드야?"

세 사람 중 아무도 대답하지 않았다. 대답은 종이 위에, 이미 다 써져 있다는 듯이.

문 앞에 섰을 때, 안에서는 어떤 말도 들리지 않았다. 들어오라는 말이 없자, 진우는 그대로 잠깐 서 있었다. 문 손잡이에 손바닥을 얹고, 조심스럽게 밀었다.

교장실은 조용했다. 길게 뻗은 회색 테이블이 한가운데 있었고, 그 끝에 교장 선생님이 앉아 있었다. 신문 한 면을 천천히 접었다가 펴는 동작이 눈에 들어왔다.

"진우 학생, 앞에 앉아요."

진우는 맞은편 의자에 앉았다. 의자가 바닥을 긁는 소리가 들렸지만, 그 소리에 누구도 반응하지 않았다. 신문은 다시 접혀 있었고, 교장 선생님의 시선은 그것보다 진우의 손에 머물러 있었다.

"이번에 작성해 준 코드는 잘 봤어요."

말의 톤은 특별히 높지도, 낮지도 않았다. 그냥 건네진 문장이었지만, 진우는 눈을 잠깐 떨궜다. 테이블 위 초침이 한 칸 움직였다. 그다음에야 교장 선생님이 말을 이었다.

"시간이 지나도 기억나는 코드가 있고, 지나가자마자 잊히는 코드도 있어요. 근데 진우 학생의 코드는... 그 중간쯤에 오래 걸터앉을 것 같아요."

진우는 대답하지 않았다. 그 말은 머릿속에서 오래 머물렀지만, 입가까지 오진 않았다. 책상 위 연필꽂이 안에 있는 샤프 하나가 아무 이유 없이 가볍게 흔들렸다. 손도 바람도 닿지 않았는데, 어디선가 남은 긴장이 조금 움직인 듯했다.

"진우 학생은 요즘 어떤 부분에 관심이 있어요?"

질문은 조용히 도착했지만, 곧바로 대답이 따라오진 않았다. 진우의 시선이 천천히 옆 벽으로 향했다.

그 벽엔 '추천작'이라는 스티커가 붙은 게시물이 걸려 있었고, 그 아래, 작은 글씨가 있었다.

"말보다 오래가는 건, 질문 뒤에 남는 조용한 자리다."

진우는 한 번 눈을 감았다가 다시 떴다. 그리고 처음으로 교장 선생님을 정면으로 바라봤다.

"저는 요즘... 예전처럼 정답을 먼저 찾기보다, 제 스스로 생각의 폭을 키우는데 더 관심이 있어요."

그 말은 빠르지도, 작지도 않았다. 교장 선생님의 눈빛이 아주 잠깐 바뀌었고, 그 순간의 공기가 조용히 정리됐다.

책상 위 샤프는 더 이상 흔들리지 않았다. 진우는 조용히 의자에서 일어났다. 의자가 바닥에 짧게 미끄러지는 소리를 냈고, 교장 선생님은 고개를 살짝 끄덕였다.

"말 잘 들었습니다."

교장의 목소리는 낮고 따뜻했다. 진우는 고개를 숙이며 인사했다.

"감사합니다."

그 말 뒤로 진우는 문 쪽으로 걸음을 옮겼다. 손이 문고리를 잡고 돌리는 순간, 잠깐 멈춰 섰다. 뒤를 돌아보진 않았지만, 교장 선생님의 시선이 여전히 자신을 보고 있다는 걸 느꼈다. 교장 선생님은 막지 않았다. 대신 한 마디를 덧붙였다.

"다음에도 어떤 코드를 활용해서 진우 학생의 생각을 어딘가에 표현하고 싶다면 편하게 올려주세요, 진우 학생."

진우는 돌아서기 전, 그 줄을 다시 떠올렸다. 질문이 멈추는 곳이 아니라, 시작되는 자리였다는 걸, 이제는 조금 알 것 같았다.

3장. 나는 이제, 내 생각을 믿기로 했다

그날 저녁, 진우는 가방을 내려두자마자 곧장 방으로 향했다. 식탁 위엔 김이 다 식은 국과 반찬이 놓여 있었지만, 진우는 손을 대지 않았다.

불도 켜지지 않은 집 안은 얇은 어둠으로 채워져 있었고, 발걸음은 자연스레 익숙한 방향으로 향했다. 책상 위에 손을 얹고 전원 버튼을 눌렀다. 컴퓨터 팬이 돌기 시작하며 아주 작고 일정한 소리가 공간을 채웠다. 그 소리는 누군가 숨을 고르는 것처럼 느껴졌다.

진우는 의자에 앉아 등을 곧게 세웠다. 모니터가 켜졌지만, 에이다는 아무 반응을 보이지 않았다. 대기 화면은 여전히 푸른빛을 머금은 채 멈춰 있었고, 커서는 천천히 깜빡였다. 어딘가로 향할 것처럼 움직였지만, 어느 방향으로도 나아가지 못하는 상태였다.

진우는 에이다에게 무언가 마지막 말을 해볼까 하다가 입술만 살짝 움직였다. 말은 끝까지 나오지 않았다. 이대로 꺼도 되는 걸까. 이 질문 하나가 답 없이 오래 머물렀다. 모니터 한가운데에 떠 있는 아이콘을 잠시 바라보다가, 진우는 마우스를 잡았다.

잠시 뒤, 마우스 오른쪽 버튼이 눌렸다. 작은 회색 창이 떴다.

'열기'
'위치 열기'
'삭제'
'프로그램 제거'

진우는 '프로그램 제거'를 눌렀다. 클릭 소리는 거의 들리지 않았다. 화면 아래쪽에 조용히 글자가 나타났다.

"이 프로그램을 제거하시겠습니까?"

'예'
'아니요'

진우는 키보드를 바라봤다. 먼지가 얇게 깔려 있었고, 스페이스바 왼쪽은 다른 키보다 살짝 더 들어가 있었다. 손은 움직이지 않았다. 마우스도 놓았다. 그 순간, 창문이 살짝 흔들렸다. 바람이 들어왔고, 책상 위 포스트잇이 조용히 들썩였다.

'2차함수 그래프 복습'

3장. 나는 이제, 내 생각을 믿기로 했다

네모난 종이가 한 바퀴 돌다 멈췄다. 진우는 의자에 기대었다. 목덜미가 등받이에 닿았고, 눈은 천장 쪽으로 향했다. 이어폰은 책상 구석에 있었다. 선은 조금 꼬여 있었고, 진우는 그걸 풀지 않았다. 손끝으로 조용히 눌렀다. 그 안에서 이제는 아무 소리도 나오지 않았다.

교실이 아니었고, 시험지도 없었고, 누가 지켜보는 것도 아니었다. 그런데도 손끝이 조금 떨렸다.

'삭제'

그 말 하나가 왜 이렇게 조용하고 무겁게 느껴지는 걸까. 화면이 깜빡였다. 그리고 화면 위에 문장이 올라왔다.

[사용자 기록 분석 중…]
감정 패턴: 다변화
의사결정 방식: 독립화
문장 구조: 비선형화

진우는 그것들을 읽지 않았다. 그냥 마지막 클릭만 했다.

[확인]

클릭하는 순간, 에이다는 꺼졌다. 모니터엔 바탕화면만 남았고, 소리도, 반응도 사라졌다.

창문 사이로 다시 바람이 들어왔다. 바람은 공기를 한 번 밀고 지나갔다. 진우는 그 바람을 잠깐 느끼고 있다가 혼잣말처럼 조용히 말했다.

"이제, 나 혼자서도 생각할 수 있어."

그 말은 저장되지 않았고, 녹음되지도 않았다. 그날, 진우의 방 안은 조금 다르게, 그리고 조금 더 조용하게 흘러가고 있었다.

모니터 가운데, 흰 바탕 위에 회색 글씨가 한 줄씩 올라왔다.

[사용자 기록 분석 중…]
감정 반응: 예상외 변동
판단 기준: 사용자 기준 생성
문장 구조: 선형-비선형 교차
피드백 루틴: 자동 거부 감지됨

진우는 스크롤을 끝까지 내리지 않았다. 화면을 조용히 밀어냈다. 마우스는 손안에서 살짝 흔들렸다. 커서는 [확인] 위에서 멈췄고, 진우는 '엔터'를 누르지 않았다. 마우스를 천천히 눌렀다.

딸깍.

방 안의 공기가 소리 없는 선처럼 나뉘었다. 그 순간, 모니터가 잠깐 꺼졌다가 낮고 느린 목소리가 들려왔다.

"이제 넌 나보다 좋은 답을 찾을 거야."

에이다의 목소리는 언제나 같은 속도로 말했지만, 이번엔 어딘가에서 살짝 멈췄다.

말이 끝나고, 모니터는 완전히 꺼졌다. 검은 화면 위로 진우의 얼굴이 흐릿하게 비쳤다. 그 얼굴을 오래 보지 않았다. 손끝으로 화면 가장자리를 가볍게 쓸었다. 마치 그 목소리가 거기 어딘가에 남아 있는 것처럼. 그리고 조용히 말했다.

"그래, 이젠 나 혼자 생각해 볼게."

그 말도 저장되지 않았다. 그 순간의 공기만이 그 말을 알고 있었다.

모니터는 꺼진 채였고, 책상 위엔 어떤 흔적도 남아 있지 않았다. 창문 틈으로 흐르던 늦은 오후의 빛은 바닥과 책상 모서리를 타고 천천히 머물렀다. 진우는 책장을 열었다. 다 쓰다 만 공책이 하나, 구겨진 모서리를 드러낸 채 옆으로 기울어 있었다. 공책을 펼치자 연습문제 풀이가 먼저 나왔고, 중간쯤엔 에이다가 불러줬던 단어들.

그다음부터는 '질문'이라 적힌 페이지들이 이어졌다.

'질문 1. 지금 내가 하고 있는 게 맞는 걸까.'
'질문 7. 틀린 걸 두려워하지 않는 사람은 어떤 기분일까.'

'질문 14. 나는 누구의 목소리로 살아가고 있었던 걸까.'

진우는 페이지를 넘기다 멈췄다. 손끝이 맨 마지막 장에 닿았다. 그곳엔 아무것도 없었다. 펜을 집어 들었다. 지금까지의 어느 기록보다 느리게, 백지 위에 글자를 눌러 적기 시작했다.

지금부터는, 누가 묻지 않아도 내가 먼저 질문할 수 있어.

마침표까지 닿은 뒤에도 펜을 내려놓지 않았다. 공책도 덮지 않고, 그 페이지를 펼쳐둔 채 의자에 등을 기대었다. 어딘가에서 자동차 바퀴가 지나가는 소리가 작게 울렸고, 방 안의 공기가 잠시 흔들렸다. 그 흔들림을 따라 공책의 페이지가 한 번 들렸다가 다시 내려앉았다. 방금 쓴 글을 누군가 읽고 있다는 듯 조용히.

진우는 조용히 앉아 있었다. 공책 위 멈춰 있던 손끝은 더 이상 움직이지 않았고, 안으로만 흐르던 생각들이 어느 지점에서부터 스스로 정리되고 있었다.

답보다 오래 남는 건 질문이었고, 그 질문은 목소리가 아니라 손끝에 닿아 있었다. 공책은 덮지 않았고, 펼쳐진 페이지 위엔 저녁 공기가 얇게 내려앉았다. 시간은 그 위에 천천히 머물렀다.

아침은 느리고 고요했다. 알람보다 먼저 눈을 떴고, 커튼 사이로 흐릿한 빛에 잠시 시선을 두었다. 식탁엔 말이 없었다. 밥은 식어 있었고,

어머니는 눈치를 살피지 않았다. 진우도 아무 말 없이 숟가락을 들었다. 조용한 식사는 그 자체로 가족의 온도를 보여주었다.

신발을 신는 동안 거실 TV에선 뉴스가 흘러나왔지만, 귀엔 닿지 않았다. 등굣길은 평소와 다르지 않았다. 지나치는 담장, 늘 같은 위치에서 멈추는 신호등, 마주치는 익숙한 얼굴들. 하지만 오늘 진우의 걸음은 조금 다르게 느껴졌다. 한 걸음씩 내디딜 때마다 어제보다 안으로 한 발 더 들어가고 있었다.

에이다의 목소리는 더 이상 들리지 않았고, 공백은 스스로 채워야 하는 것이 되었다. 교실에 들어선 진우는 맨 앞 창가 자리에 앉아 가방을 조용히 열었다. 교과서를 펴기 전, 잠시 창밖을 보았다. 움직임 없는 나뭇잎들 사이로 햇빛이 조금씩 번졌다. 무엇을 외우는 하루보다, 무엇을 의심해 보는 하루가 더 중요하다고 진우는 잠시 생각했다.

점심시간. 식판을 들고 서 있는 진우 앞에 음식이 하나씩 담겼다. 국을 받는 순간, 등 뒤에서 가볍게 밀려온 충격에 트레이 위 바나나 우유가 굴러떨어졌다. 우유가 멈춘 자리 옆에 민재가 서 있었다. 말은 없었고, 눈빛이 먼저 닿았다.

"야, 너 그날… 우리 몰래 코드 바꿨지?"

진우는 대답하지 않았다. 하지만 트레이가 약간 기울었고, 국물만 살짝 흔들렸다. 자리에 앉자 민재가 다시 말을 꺼냈다. 목소리는 낮았지만 멈춰진 숟가락이 모든 걸 대신하고 있었다.

"그거, 우리 다 같이 만든 거였잖아."

진우는 국을 한 숟갈 떴다가, 입에 대지 못한 채 그릇 위로 다시 내려놨다. 민재의 다음 말은 더 느리게 도착했다.

"혼자서 끝내면... 그건 팀플 아니잖아."

진우는 밥그릇을 바라보다가, 젓가락을 수저 옆에 조용히 내려두었다.

"늦을까 봐 그랬어."

민재는 눈을 감았다가 다시 떴다. 그리고 짧게 말했다.

"그럼 말이라도 하지."

두 사람 사이엔 조용한 공기가 내려앉았다. 누군가의 트레이가 뒤쪽에서 바닥에 떨어지는 소리가 들렸고, 둘은 동시에 고개를 돌렸지만 다시 서로를 보진 않았다. 식당이 비어가기 시작했고, 민재는 먼저 자리에서 일어났다. 몇 걸음 걸은 후 뒤돌아보지 않고 말했다.

"다음부턴... 같이 좀 하자."

진우는 트레이 위에 남은 밥을 바라봤다. 바나나 우유는 끝내 손대지 않은 채 트레이 구석에 놓여 있었다.

운동장 구석, 철제 그네 하나가 약한 소리를 냈다. 유진이 먼저 자리에 앉았고, 진우는 옆자리에 가방을 내려놓고 조용히 앉았다. 둘 사이로 얇은 바람이 지나갔다. 구석에 굴러간 공은 멈춘 채였고, 운동장엔 아직 아이들 몇이 남아 있었다.

유진은 하늘을 잠깐 바라보다, 시선을 거두지 않은 채 입을 열었다.

"그때, 민재 얼굴... 네가 못 봐서 그래."

말은 무심히 흘렀지만, 쉽게 날아가진 않았다. 진우는 아무 반응 없이 그네에 앉아 있었고, 바람이 그를 스쳐 지나갔다. 쇠줄이 느리게 흔들리며, 낮은 금속음이 공기 속에 눌렸다. 유진은 발끝으로 땅을 밀었다. 그네가 아주 조금, 기울었다.

"조금은 바뀌었을 줄 알았거든? 근데, 결국엔... 그래도 진우는 진우더라."

말투엔 장난도, 기대도 없었다. 무언가를 넘기듯 가볍지만, 들리는 사람은 그 무게를 감당해야 하는 말. 유진은 가방을 멨다. 무릎 위에서 손을 떼며 천천히 몸을 일으켰다. 말은 없었지만, 눈빛은 그 자리를 미처 떠나지 못했다.

그네 앞에 멈춘 채, 가방끈을 다시 한번 조심스럽게 고쳐 맸다. 바람은 가벼웠고, 놀이터의 공기는 오후보다 훨씬 말이 없었다. 유진은 발끝으로 그네를 밀었다. 금방 멈췄다. 타지 않은 그네는 천천히, 혼자서 앞뒤로 흔들렸다.

"진우야, 네가 한 번이라도 틀려도 된다고 말했으면, 난 계속 여기 있었을지도 몰라."

그 말은 흘러간 공기 속으로 사라지지 않고, 그네의 움직임 안에서 맴돌았다. 진우는 아무 말도 하지 않았다. 발등에 쌓인 모래도 털지 않았다. 고개만, 아주 느리게 끄덕였다. 그 끄덕임은 말보다 오래 남았다. 말이 시작된 순간이었지만, 유진은 진우를 향해 한 발짝 다가섰다.

"내가 무슨 말을 해도, 넌 대답 대신 가만히 있잖아. 마치... 로딩 중처럼."

그 말은 웃기지도 않았고, 웃기려고 꺼낸 말도 아니었다. 유진의 목소리엔 아주 얇은 조심성이 묻어 있었고, 잠깐 망설였던 마음이 문장 끝에 머물렀다.

진우는 바로 답하지 않았다. 그 대신 모래 위에 숫자 '2'를 그렸다가, 그 위를 다시 발로 덮었다. 숫자는 금세 사라졌지만, 그 움직임은 유진의 눈에 남았다.

"그날 민재한텐 아무 말도 안 했지?"

유진은 그네 줄을 손에 감고, 고개를 살짝 숙였다. 진우가 숨을 들이마셨다. 말은 그보다 조금 늦게 따라 나왔다.

"틀릴까 봐, 시간 없을까 봐, 그냥…"

말의 끝이 길게 이어지지 않았다. 유진은 잠시 눈을 감았다가 말했다.

"혼자 하는 게 더 빠르다고 생각했구나. 근데 그게 꼭 좋은 건 아니야."

진우는 시선을 내리지도, 올리지도 않은 채 바람을 느꼈다. 바람은 유진의 말보다 먼저 닿았고, 그 감촉은 말보다 느렸다.

"예전엔 너, 에이다 같았어."

유진의 말에 진우가 고개를 돌렸다. 유진의 얼굴엔 빛과 그림자가 반반씩 얹혀 있었고, 눈꼬리 한쪽이 살짝 올라가 있었다.

"근데 요즘은 좀 달라."

유진은 그네에서 일어났다. 움직임은 조용했고, 그네는 곧 혼자서 흔들리기 시작했다. 바람이 만든 움직임일 수도 있었지만, 진우는 그 그네가 자기 대신 말을 이어주는 것 같았다. 그 순간이, 진우 마음 어딘가에 느리게 저장되었다.

컴퓨터 수업 시간, 교실 안엔 키보드 소리만 이어졌다. 진우는 모니터 앞에서 천천히 코드를 짜고 있었다. 화면 위엔 감정 반응을 다루는 코드가 반쯤 완성되어 있었다. 진우는 흐름의 중간에 한 줄을 삽입했다.

조건 (감정 = 정의되지 않음) 기다림;

그 아래, 짧은 설명도 남겼다.

친구와의 대화는
빠른 말보다 기다리는 게 먼저야.

진우는 코드를 저장하지 않은 채, 잠시 손을 멈췄다. 옆자리에서 마우스를 돌리던 친구가 팔꿈치를 툭 건드렸다.

"야, 넌 왜 그런 걸 이렇게 정리해?"

진우는 웃지 않았다. 대신 모니터를 바라보며 작게 말했다.

"정리가 아니라... 느낌이야."

친구는 이해하지 못한 표정으로 고개를 갸웃하다 다시 자기 화면을 봤다. 진우는 마우스를 옮겨, 커서를 화면 한쪽 구석으로 천천히 밀었다. 화면 아래엔 코드로 적히지 않은 말 하나가 떠올랐다.

'말보다 먼저 나가는 게 꼭 좋은 건 아니야.'

그 말은 어디에도 쓰이지 않았지만, 진우 마음속엔 이미 저장되어 있었다. 코드를 닫지 않은 채 진우는 등받이에 몸을 기대었다. 의자 바퀴가 조용히 밀리는 소리를 냈고, 창밖에서 들어온 빛이 모니터 테두리를 따라 길게 번져 있었다. 대답은 늘 늦었지만, 늦는 게 반드시 틀린 건 아니라고, 진우는 처음으로 생각하고 있었다.

그날 밤 8시 50분. 식탁 위엔 불이 꺼져 있었고, 거실에서 새어 나온 조그마한 불빛이 두 사람 얼굴을 겨우 비추고 있었다.

진우는 식탁 한쪽에, 아버지는 그 맞은편에 앉아 있었다. 가운데엔 껍질째 귤 한 개와 따뜻한 물이 담긴 머그컵 두 개. 말은 없었지만, 뭔가 중요한 이야기가 이 안에서 시작되려는 기운이 있었다.

창밖에선 겨울 초입의 바람이 창문 틈을 지나가며 한 번씩 들숨처럼 흔들렸고, 방 안은 아주 고요했다.

"진우야."

아버지가 조심스럽게 불렀다. 귤을 들고 손끝으로 껍질을 벗기기 시작했다. 껍질은 처음 한 겹이 뚝 끊기더니, 그다음부터는 실처럼 천천히 풀려나갔다. 귤을 벗기는 손마저 숨을 고르는 듯 조심스러웠다.

진우는 그 손을 가만히 바라보았다. 귤껍질은 책갈피처럼 길게 말려서 테이블 위에 놓였고, 귤 한 조각이 아버지 손끝에서 툭, 하고 떨어졌다.

"진우야, 요즘 말이야…"
아버지는 조각을 건네며 말했다.

"가끔은 네가 나보다 더 어른처럼 보여."

진우는 그 조각을 입에 넣었다. 말은 없었지만, 신맛이 입안에서 퍼졌고, 따뜻한 기운이 속으로 조금씩 번져갔다.

"그럴 때마다 아빠는 네가 무얼 지나고 있는지, 다 알지 못하는 걸까 봐, 놓치고 있는 건 아닐까 싶기도 해. 진우 마음도, 지나간 시간도, 말도."

진우는 고개를 살짝 끄덕였다. 손에 컵을 들었지만 마시지는 않고, 김이 피어오르는 방향을 오래 바라봤다.

"진우 생각은 어때?"

아버지의 질문은 조용했지만, 그 안에는 기다림과 미안함, 그리고 아직 닿지 못한 무언가가 얽혀 있었다. 진우는 잠시 생각을 정리했다. 그 시간은 짧지 않았고, 아버지는 그 침묵을 깨지 않았다.

"예전엔요, 아빠가 뭘 물어보면 그냥 '네'라고 했어요. 그게 제일 편한 줄 알았고, 맞는 줄도 알았어요."

말을 하며 진우는 눈을 아래로 떨구었다. 귤껍질 사이에 손끝을 올려놓고, 그 결을 따라 천천히 움직였다.

"근데 이제는요... 대답을 꼭 빨리하지 않아도 된다는 걸 알았어요. 잘 모르겠는 것도 괜찮고, 가만히 있는 것도 나쁜 건 아니라는걸요."

아버지는 조용히 고개를 끄덕였다. 귤 조각을 또 하나 건넸다. 이번엔 조금 더 천천히.

"맞아. 말이란 건, 입 밖으로 나오는 순간부터 마음보다 작아질 때가 많거든."

진우는 고개를 들었다. 그 눈빛은 조용했지만, 먼 곳에서 돌아온 사람처럼 맑았다.

"아빠는요. 제가 괜찮지 않아도 옆에 있어 주실 수 있으세요?"

그 말에 아버지는 웃지 않고 답했다. 그저 진우 쪽으로 귤껍질을 살짝 밀어놓으며 말했다.

"진우야, 너는 괜찮아도 괜찮고, 괜찮지 않아도 괜찮다. 아빠는 네가 어떤 모습이든 같은 시간에 있고, 같은 계절을 지나. 아빠가 할 수 있는 건, 그냥 그렇게 같이 있는 거야."

진우는 컵을 들어, 조심스럽게 한 모금 마셨다. 따뜻한 물이 목을 타고 내려가며, 마음속 어딘가에 조용히 닿았다. 그 순간, 귤 조각 하나가 식탁 아래로 떨어졌다. 탁, 아주 작고 낮은 소리였다.

진우기 입을 열었다.

"그 말, 오래 기억하고 싶어요."

아버지는 고개를 끄덕였다. 창밖에서 다시 바람이 한 줄기 지나갔고, 창문 유리가 조용히 떨렸다.

"사람은 누구나, 괜찮지 않은 날로도 살아가. 그 하루를 그냥 보내주는 게 사랑일 수도 있어."

그날 밤, 말보다 오래 남는 것이 있었다. 두 사람은 마주 보지 않았지만, 같은 자리에 앉아 있었다. 대화는 멈췄지만, 그 멈춤 속에서 무언가가 처음부터 다시 놓이고 있었다. 진우는 조각을 받아 들었다. 그 손끝이 아주 잠깐 떨렸다.

"고맙습니다. 그리고… 죄송해요. 괜찮은 척한 날들이 너무 많아서. 사실은 많이 힘들었어요."

말이 끝나자, 둘 사이의 공기가 아주 살짝 떨렸다. 창문 너머로 들어온 바람 한 줄기가 컵 가장자리를 스쳤다. 아버지는 고개를 끄덕이며 말했다.

"괜찮은 척하는 건 어른이 되는 방법 중 하나일지 몰라도, 괜찮지 않다고 말하는 건, 함께 살아가는 방법이야."

그 말에 진우는 천천히 컵을 들어 한 모금 마셨다. 입안 가득 퍼진 따뜻함이 목을 타고 내려갔고, 그제야 아주 작은 한숨이 그의 어깨에서 빠져나왔다.

"진우야."

아버지가 다시 조용히 불렀다. 이번엔 그 목소리에 단단한 결심이 있었다.

"넌 앞으로도 네 마음이 어딘가로 도망치고 싶을 때, 그 마음이 숨을 곳이 필요할 때, 아빠는 여기 있을게. 묻지 않고, 기다리면서."

진우는 아무 말 없이 손을 움직였다. 귤껍질을 한 줄로 조용히 세우기 시작했다. 조각 하나하나가, 마치 말 대신 놓는 마음처럼.

그날 밤, 둘은 미안하다는 말도, 서운하다는 말도 꺼내지 않았다. 대신 귤껍질을 조용히 줄 맞춰 늘였다. 그걸 함께 바라보는 시간이 말보다 더 길게, 마음속에 남았다.

진우는 처음으로 깨달았다. 때론 오래 대화하지 않아도 진심은 전해질 수 있다는 걸. 그건 짧은 대화보다 더 오래 머무는 이야기였다.

밤 11시 23분.

책상 위 스탠드 불빛 아래, 수많은 문제지들과 시간표, 수행 과제 일정표가 겹겹이 놓여 있었다. 스케줄이 빼곡하게 적힌 칸마다 형광펜 색이 다르게 칠해져 있었고, 책상 가장자리에 진우의 연필이 수평으로 놓여 있었다.

에이다는 꺼져 있었다. 오늘은 아무것도 묻지 않았다. 일부러 그랬다.

진우는 천천히 공책을 펼쳤다. 원래라면 정리된 개념 노트를 적었을 시간이었지만, 이번엔 그 안에 문제풀이도, 정답도 적지 않았다. 처음엔 손이 멈칫거렸다. 뭘 적어야 할지 몰랐다. 하지만 곧 연필이 천천히 움직이기 시작했다.

"오늘 민재랑 말다툼을 했다. 말하려던 건 그게 아니었는데, 말이 다르게 나갔다."

진우는 다시 한 칸 아래로 내려갔다.

"왜 그렇게 됐을까. 생각해 보면, 나도 좀 쫓기고 있었던 것 같다."

책상 위 달력이 눈에 들어왔다. 내일 날짜엔 '수학 수행'이라고 적혀 있었다. 빨간 글씨로. 진우는 공책에 또박또박 적었다.

"내가 한 말을 친구가 다르게 들었을지도 모른다. 그게 문제였던 걸까. 아니면, 내가 듣지 못했던 걸까."

순간, 아버지와의 대화도 같이 떠올랐다. 귤껍질을 천천히 정리하던 밤, 그 온도. 말이 없어도 마음이 닿을 수 있다는 걸 처음으로 알게 되었던 순간. 진우는 연필을 놓고 손으로 턱을 괴었다. 창문 쪽에서 바람이 흔들리는 소리가 들렸다.

말하는 게 중요한 줄 알았는데, 가끔은 아무 말도 하지 않고, 기다려주는 게 더 어렵고 중요한 일일지도 모르겠다는 생각이 들었다. 진우는 다시 연필을 들고 아래에 썼다.

"듣는다는 건, 그냥 귀를 열어두는 게 아니구나. 상대가 멈출 때까지 같이 멈춰주는 일인가 보다."

책상 위에 쌓인 문제지들은 여전히 많았고, 내일은 똑같이 바쁠 거였다. 그런데 지금 이 순간만큼은, 무언가를 풀어내는 시간이 아니라,

풀리지 않은 걸 안고 있는 시간 같았다. 진우는 공책 한쪽 여백에 이렇게 썼다.

"진짜 대화는, 내가 말할 때가 아니라, 상대가 멈출 때 함께 조용히 있어주는 순간에 시작되는 건지도 몰라."

방 안 공기는 얇은 유리처럼 고요했다. 시계 초침이 벽을 따라 돌아가는 소리만 간간이 귀에 닿았다. 책상 위에는 노란 편지지 한 장이 펼쳐져 있었고, 그 한가운데엔 '진우'라는 이름이 또박또박 적혀 있었다. 누군가를 위한 글이 아니라, 오늘의 진우가 과거의 진우에게 건네는 이야기였다.

펜을 든 손이 가볍게 떨렸다. 그리고 첫 줄을 눌러 적었다.

"그때, 네가 고개를 숙였던 건 아무 말도 하기 싫어서가 아니라, 아무 말도 하기 전에 한 번 더 생각하고 싶어서였지."

진우는 잠시 펜을 멈췄다. 창밖은 이미 어둠으로 가득 찼고, 방 안은 스탠드 불빛 하나에만 기대고 있었다. 그 조용함이 마음속 깊은 구석까지 닿는 듯했다.

"사람들이 널 오해했을지 몰라도 넌 스스로한테만은 계속 설명하려 했던 거였잖아."

펜 끝에 잉크가 번지는 대신, 진우는 다음 말을 천천히 이어갔다.

"틀리면 안 된다고 생각하던 너는 너무 조심스럽고, 가끔은 너무 조용했어. 근데 이상하게, 그 조용함 덕분에 진짜 네가 뭘 느끼고 있었는지 나중에야 알게 됐어."

편지를 반쯤 접었다가, 다시 펼쳤다. 무엇을 남기고 무엇을 덮어야 할지 판단이 서지 않았던 듯. 결국 편지는 접히지 않은 채 책장 맨 아래 칸, 낡은 공책 사이에 조용히 들어갔다. 쓰이지 않은 종이의 한가운데, 진우는 그 조각을 숨기지 않았다.

다음 날 오후, 진우는 창가에 앉아 있었다. 노트북은 켜지지 않은 채였고, 그 옆엔 공책 한 권이 펴져 있었다. 공책 위에 진우는 펜을 가져다 댔다.

"기억은… 시작점이 없나 봐."

진우는 그렇게 적었다. 짧고 느리게.

"내가 다시 생각하기 시작한 날을."

그날은 특별한 일이 없던 날이었다. 누구에게도 칭찬을 받지 않았고, 시험 결과가 좋았던 것도 아니었다. 친구들과 크게 웃지도, 에이다가 멈추지도 않았다. 그저 머릿속에 떠오른 질문이 하루 종일 머물러 있던 날이었다.

"왜 이렇게까지 조용하지?"
"이건 뭐지?"
"이 말이 남기는 느낌은 뭘까?"

답은 없었지만, 질문은 계속 이어졌다. 생각은 그렇게 다시 시작되었다. 생각하는 법을 배운 것이 아니라, 잊고 있던 그것을 다시 꺼낸 순간이었다. 진우는 마지막 줄에 점 하나를 찍었다. 아무 말도 없던 방 안에서, 그 점이 가장 또렷한 소리처럼 느껴졌다. 펜을 놓고 등을 기대며 창밖을 바라보았다.

햇살은 책상다리를 따라 느릿하게 올라오고 있었다. 바람도 소리도 없었지만, 진우는 자신이 생각하고 있다는 걸 분명히 느끼고 있었다. 그리고 그렇게, 오늘 하루가 다시 시작되고 있었다.

진우가 처음으로 '말하는 법'보다 '듣는 법'에 대해 오래 고민했던 그 날처럼.

다음날 아침, 어김없이 학교 안. 운동장엔 체육 수업 준비로 분주한 목소리들이 들렸고, 복도엔 아직 반쯤 졸린 발소리들이 길게 이어지고 있었다. 진우는 일찍 도착한 아이들 사이에서 혼자, 교무실 근처 복도로 조용히 걸어가고 있었다.

교무실 앞, 전날과 같은 자리에 멈춰 섰다. 그의 손에는 작게 접은 쪽지 하나가 쥐어져 있었다. 접힌 종이 사이로, 손가락 자국이 살짝 패여 있었다. 그 쪽지는 진우가 전날 봉투를 넣은 이후, 하룻밤을 고민하며 다시 꺼내어 쓴 것이었다. 이전 편지보다 훨씬 짧고, 조심스럽게 적은 말들. 이번엔 더 말 없이 전하고 싶은 내용이었다.

진우는 문 아래로 조용히 쪽지를 밀었다. 그 아래, '선생님이 기다려줬기에 지금의 내가 있어요.'는 그 고마움과 말로 다 설명하지 못한 자신만의 변화가 담겨 있었다.

쪽지 속엔 이렇게 적혀 있었다.

예전엔, 선생님이 '왜'라고 물으셨을 때
전 그게 무서웠어요.
그 질문에 뭐라고 해야 할지 몰랐거든요.

근데 지금은,
그 질문을 받은 순간부터
생각이 시작된다는 걸 알게 되었어요.

그래서 이제는
틀릴까 봐 걱정하기보단
한 번 더 생각해 보는 쪽을 고르고 있어요.

감사합니다, 나나 선생님.

- 진우

진우는 고개를 한 번 작게 끄덕이고 조용히 교실 쪽으로 발걸음을 옮겼다. 진우는 자리에 앉아 가방에서 공책을 꺼냈다. 앞장에는 수학 문제 풀이가 있었고, 그 뒷장엔 자기가 스스로 정리한 '생각의 기록'이라는 글귀가 쓰여 있었다.

어쩌면 지금의 진우는 그 쪽지를 통해 '대답'보다 '생각하는 시간'을 더 중요하게 여기는 한 사람으로 조금씩 바뀌고 있는 중이었다. 그리고 그런 변화는, 선생님 한 사람의 기다림에서 시작되었던 걸 진우는 알고 있었다.

교무실 안에서는 조금 늦게 출근한 나나쌤이 문틈 아래로 접힌 쪽지를 발견하고 있었다. 그녀는 다시 한번 무언가 말을 하지 않고도 이해하는 법을 스스로에게 다시 되새기고 있었다.

그날 마지막 교시가 끝나고, 복도에는 슬리퍼 끄는 소리들이 퍼져 있었다. 친구들이 삼삼오오 모여 떠들며 나갈 때, 진우는 가방을 메지 않고 책상 앞에 그대로 앉아 있었다. 교실 창문은 반쯤 열려 있었고, 바람이 커튼을 천천히 흔들었다.

그는 앞자리에 앉아있던 유진의 책상 서랍 쪽을 잠깐 바라보았다. 그 안에, 지난주 수행평가 때 유진이 썼던 '생각의 기준'이라는 제목의 종이가 떠올랐다. 그때 유진은 발표 대신 쪽지를 냈고, 교탁 위에 조용히 올려두었다. 아무도 크게 주목하지 않았지만, 진우는 그걸 봤다. 그 조용한 전달 방식이 인상 깊었기에, 오늘 자신도 그 방법을 따라 해보고 싶었는지도 몰랐다.

진우는 노트를 한 장 찢었다. 오늘 수업 시간에 적은 내용을 다시 보며 자기 마음속에 걸렸던 말을 천천히 정리하기 시작했다.

"왜 선생님은 기다려주셨을까?"
"말을 잘하는 아이보다, 말이 느린 아이를 더 자주 봐주신 이유는 뭘까?"

그리고 그 아래, 자기 이름은 쓰지 않은 채 이런 말을 덧붙였다.

"생각은, 누가 시킨다고 바로 나오는 게 아니라는 걸 알게 됐어요.
시간은 오래 걸렸지만, 생각은 결국 도착하더라고요.
선생님은 그걸 알고 계셨던 것 같아요.
그래서 감사합니다."

진우는 쪽지를 조심스럽게 접었다. 이번엔 누군가에게 보내는 쪽지라기보다, 선생님의 믿음에 다시 답하는 방식처럼 느껴졌다.

방과후 활동이 시작되기 직전, 진우는 교무실을 다시 찾았다. 선생님들이 대부분 회의 중이어서 자리에 거의 없다는 걸 복도에서 들었다.

그는 조용히 들어가 나나쌤 책상 위, 오른쪽 맨 끝에 자기 쪽지를 살며시 올려두었다.

어느 서랍에도 넣지 않았다. 이번엔 그대로 보이게 두고 싶었다. 숨기지 않고, 도착하기를 바라는 마음으로.

그리고 문을 나와 복도를 걸어가는 길, 진우의 발걸음은 처음보다 조금 가벼워져 있었다. 누구에게도 말하지 않았지만 진짜 '고마움'이란 건 말로 끝나는 게 아니라 다시 생각하고, 다시 마음을 건네는 일이라는 걸 그는 이제 배우는 중이었다.

그날 진우는, 처음보다 조금 더 정확하게 자신이 왜 '생각하는 법'을 잃어버렸다가 다시 찾게 되었는지 이해하고 있었다. 그리고 그 시작이 '질문 하나'였다는 것을 조용히, 그리고 천천히 되새기고 있었다.

교무실 문틈으로 들어온 바람에, 책상 위에 놓인 메모지 한 장이 살짝 흔들렸다. 나나쌤은 그 흔들림보다 먼저, 책상 가장자리에 조용히 놓인 접히지 않은 쪽지를 바라보았다.

왼쪽 아래에 진우의 글씨. 모나고 조심스러운, 하지만 한 글자 한 글자 힘을 실어 눌러쓴 흔적. 나나쌤은 의자를 당기지 않고 서서, 그 쪽지를 가만히 펼쳤다.

종이 위에는 아주 짧은 글이 있었다. 아이들의 일기처럼 소란스럽지 않고, 시험 답안지처럼 정답을 찾으려 하지도 않는 말들.

"생각은, 누가 시킨다고 바로 나오는 게 아니라는 걸 알게 됐어요.
시간은 오래 걸렸지만, 생각은 결국 도착하더라고요.
선생님은 그걸 알고 계셨던 것 같아요.
그래서 감사합니다."

마지막 줄에 이름은 없었지만, 나나쌤은 바로 알 수 있었다. 진우였다.

그 아이는 대답이 느렸다. 무언가를 질문하면 늘 한 박자 늦게 고개를 들었고, 그 고개가 다 올라오기 전까지는 말을 꺼내지 않았다. 어떤 날은 수업이 끝난 뒤에도 교탁 앞에 남아 말하지 못한 생각을 종이에 써서 놓고 갔고, 또 어떤 날은 칠판지우개를 털면서 혼잣말처럼 "그 문제는 집에서 더 생각해 볼게요."라고 중얼거렸다.

나나쌤은 그런 진우를 별로 부르지 않았다. 채점할 때도, 발표할 때도, 진우가 먼저 손을 들지 않으면 기다렸다. 그 기다림이 누군가에겐 무심해 보였을 수도 있었지만, 나나쌤은 알고 있었다. '말이 느린 아이'는 생각이 느린 게 아니라, 마음을 꺼내기까지 시간이 오래 걸리는 아이들이라는 걸.

그 쪽지를 다 읽고 난 뒤, 나나쌤은 책상 서랍을 열었다. 가끔 아이들이 건넨 쪽지와 메모들, 그리고 사소한 그림이 담긴 종이들이 한가득 쌓여 있는 그 공간.

그중 제일 아래, 오래된 노란 종이 사이에 진우의 쪽지를 천천히 끼워 넣었다. 접지도 않고, 꺼내기 쉬운 자리에 넣어두었다. 그러곤 자신도 모르게 책상에 앉으며 이렇게 중얼거렸다.

"말은 꼭 소리로만 전해지는 게 아니야. 때론 기다림도 말이 되고, 묵묵함도 대화가 되더라."

아이들이 모두 가고, 교무실이 조용해진 오후. 창밖으로 비슷한 색의 나뭇잎들이 바람에 흔들리고 있었다. 나나쌤은 그 풍경을 가만히 보며, 생각했다. 아이들은 자라면서 정답을 외우는 속도보다 마음을 꺼내는 속도를 더 배워야 한다고. 그리고 어른은 그 속도를 믿고 기다릴 줄 알아야 한다고. 그 믿음이 누군가의 마음을 조금 더 천천히, 조금 더 깊게 움직이게 할 수 있다고.

진우의 쪽지는 다음 시험도, 다음 학년도 넘어 나나쌤 마음 어딘가에서 아주 오래, 펼쳐진 채 남아 있을 것 같았다.

점심시간이 지나고, 복도 창가 자판기 앞엔 여전히 줄이 없었다. 진우는 조용히 다가가 버튼을 눌렀다. 첫 번째는 딸기우유. 두 번째는 민재가 자주 마시던 초코우유. 바닥에 '툭, 툭' 하고 떨어지는 소리가 유난히 크게 들렸다. 그 소리를 들은 민재가 복도 끝에서 고개를 돌렸다. 걸음을 멈추더니, 진우를 향해 천천히 다가왔다. 진우는 아무 말 없이 초코우유를 민재에게 내밀었다. 민재는 순간 당황한 얼굴로 손을 멈췄다가, 조심스럽게 받아들었다.

"뭐야, 갑자기?"

민재가 작게 웃었다. 웃음 끝이 어딘가 삐뚤었지만, 그 속엔 어색함보다 더 오래된 무언가가 있었다. 진우는 음료를 뜯지도 않고 그냥 바라봤다. 말보다 먼저 꺼낸 행동이 이미 말을 대신하고 있었다.

둘은 자판기 옆 창가 난간에 나란히 앉았다. 바람이 복도 아래를 통과했다. 몇 개의 종이컵이 바닥에서 데굴데굴 굴러가고, 교실에서 울려 나오는 웅성임은 멀게만 들렸다. 민재는 뚜껑을 따서 한 모금 마셨고, 진우는 여전히 음료를 들고만 있었다. 서로를 보지 않고, 창밖을 보았다.

"그때, 그냥 나 혼자 급했던 것 같아."

진우의 말은 짧았고, 그다음은 없었다. 민재는 대답하지 않았다. 대신 발끝으로 바닥을 툭툭 찼다. 그 조용한 움직임이 대답 같았고, 진우는 이번엔 우유 뚜껑을 천천히 열었다. 둘 사이에 예전처럼 빠르고 재밌는 농담은 없었다. 대신, 아무 말 없이 함께 앉아 있는 시간이 있었다. 그게 예전보다 훨씬 오래 기억에 남을 시간이라는 걸, 진우는 느끼고 있었다.

말은 여전히 쉽지 않았지만, 대화는 거기서부터 시작되고 있었다. 한 사람의 손에 쥔 음료 하나, 그걸 건네는 몸짓 하나. 진우는 작게 숨을 내쉬었다. 대화는 꼭 말로만 시작되는 게 아니라는 걸, 그날 처음으로 제대로 알게 되었다.

그날 밤, 진우는 스탠드의 불을 먼저 껐다. 방 안 천장이 아주 느리게 어두워지는 동안, 침대 머리맡에 놓인 녹음기를 손에 쥐었다. 버튼을 꾹 누르자, 빨간 불 하나가 작게 깜빡였다. 숨이 먼저 들어갔다. 말은 그보다 조금 늦게 따라 나왔다.

"혹시... 지금 이걸 듣고 있는 네가 나처럼 잠깐 멈췄던 적이 있다면."

목소리는 작았고, 그 말이 누구에게 닿을지 모르겠지만, 남기고 싶었다. 아니에리도, 누구에게라도. 지금의 자신에게라도.

"생각이 끊긴 것처럼 느껴졌다면, 그건 정말 멈춘 게 아니라 다시 시작하기 전이었을지도 몰라."

진우는 그대로 눈을 감았다. 말이 녹음기 안에서 돌아오고 있었지만 그건 지금 중요한 게 아니었다.

"그러니까, 기다려줘. 너 자신을."

그 말이 끝나자, 녹음기의 불빛이 아주 조용히 꺼졌다. 진우는 이불을 덮지 않았다. 창문은 조금 열려 있었고, 밤바람이 조용히 얼굴 옆을 지나갔다. 그 바람이 다녀간 자리에서 진우는 다시 눈을 감았다. 이번에는 소리 없이 하나의 생각을 마음속에서 꺼냈다.

'질문이 나를 만든다.'

그건 누구한테 들은 것도 아니고, 책에서 본 기억도 없었다. 근데 이상하게, 어느 날부터 내 안에 조용히 자리 잡고 있었다. 오늘, 스스로 만든 첫 번째 말이었다. 그 말은 꿈보다 오래 남았다.

4장. 생각은, 계속 자라는 중이니까

진우는 곧 있을 코딩 대회를 떠올렸다. 지금까지는 누구보다 빠르게, 정확하게, 정답을 내는 게 전부인 줄 알았던 그 시간들. 하지만 이제는 알고 있었다. 그 대회는 실력이 아니라 다시 질문을 시작한 사람들의 진짜 이야기를 담을 수 있는 자리라는 것을.

진우는 다시 눈을 감고 자신이 만든 질문을 조용히 반복했다.

혼잣말처럼.
응원처럼.
그리고, 시작처럼.

다음날 아침, 버스는 도심을 지나 학교를 향해 느리게 움직였다. 진우는 창가 자리에 앉아 있었다. 회색빛이 도는 유리창 바깥으로는 간판과 전봇대, 등굣길을 바쁘게 걷는 아이들의 모습이 이어졌다. 진우의 무릎 위에는 매일같이 메고 다니던 책가방이 놓여 있었고, 손은 무릎 위에서 조용히 맞잡혀 있었다.

버스 안은 조용했다. 진우는 그 조용함 속에서 스스로에게 여러 번 되묻고 있었다. 오늘, 무슨 말을 먼저 꺼낼까. 어떻게 말해야 친구들이 납득할까. 그리고 무엇보다, 어떻게 하면 이 프로젝트가 '대회용'이 아니라 '우리의 것'으로 남을 수 있을까.

학교 앞 정류장에서 버스가 멈추자, 진우는 천천히 자리에서 일어나 계단을 내려왔다. 운동장 한편에선 체육복을 입은 아이들이 줄넘기를 하고 있었고, 아직 채 피지 않은 교목엔 이슬이 맺혀 있었다.

2층 정보실 앞에 도착했을 땐, 문 너머에서 키보드 타이핑 소리가 미세하게 새어 나오고 있었다. 진우는 한 번 숨을 들이쉬고, 문을 열었다. 안에는 이미 민재와 유진, 그리고 팀원들이 모여 있었다. 책상 위엔 각자 작업 중인 노트북과 정리된 설계 노트, 그리고 노란 포스트잇이 몇 장 흩어져 있었다.

진우는 조용히 걸어 들어가 자신의 자리에 앉았다. 책가방을 열고, 어제 새로 그린 스케치 도안을 꺼냈다. 그 종이 위에는 함수 흐름도와 인터페이스 배치, 그리고 제목 옆에 이렇게 적혀 있었다.

"정답보다 질문을 먼저 건네는 시스템!"

진우는 종이를 책상 가운데로 밀며 말했다.
"이거, 우리 설계 다시 짜보면 어때?"

유진이 종이를 들여다보았다. 민재는 고개를 갸우뚱하더니 말했다.
"질문을 먼저? 그럼 사용자 선택은 나중에야?"

진우는 고개를 끄덕였다.
"응. 처음에 우리가 만들던 프로그램은 답을 빨리 알려주는 게 목적이었잖아. 근데 지금은... 조금 달라졌어. 생각을 멈추지 않게 하는 프로그램, 그걸 만들어보고 싶어."

민재는 팔짱을 낀 채 한동안 말이 없었다. 한참 후에 입을 열었다.
"그러니까 이건... 점수보다, 기억이 남는 걸 택하겠다는 거지."

유진은 가볍게 웃으며 말했다.
"그래. 그게 더 어려운 문제일지도 모르지."

아이들의 시선이 종이에 모였다. 진우는 다시 종이를 넘겼다. 그 뒷면에는 또 다른 문장이 손글씨로 적혀 있었다.

"생각하는 속도는, 기다리는 시간과 닮았다."

누군가 말했다.
"그럼 우리 팀 이름, 그걸로 하자."

진우가 웃으며 고개를 들었다.
"Team. 생각하는 속도."

그날 오전, 정보실은 조용했지만 눈빛과 손끝은 분주했다. 화면에 흐르는 코드보다도 먼저, 아이들은 서로의 말과 의도를 읽으려 했다. 누군가 말하지 않아도, 누군가 먼저 적지 않아도, 지금 이 순간이 얼마나 중요한지 알고 있었다.

점심시간이 되기 전, 정보실 문 옆엔 A4 용지가 하나 붙었다.

Team. 생각하는 속도

그 아래, 형광펜으로 조용히 한 줄이 더 추가되었다.

질문에서 시작하는 프로그램은, 끝이 없어.

아이들은 말없이 돌아섰다. 말보다 먼저 다가온 어떤 흐름이, 그날, 모두의 마음을 조용히 이끌고 있었다.

관중석은 조용했다. 대회의 마지막 날, 진우와 친구들은 무대 뒤쪽에서 숨을 죽인 채 서 있었다. 무대 앞으로 나가기 전, 커튼 틈 사이로 앞줄을 바라보았다. 부모님이 앉아 있을 법한 자리, 선생님이 고개를 끄덕이던 순간들이 눈에 떠올랐다. 무대라는 단어가 낯설진 않았지만, 이번엔 달랐다.

지금 이 발표는, 누가 시켜서 한 게 아니었다. 네 명이 같이 기획하고, 밤새워 만든 코드였다. 그 안에 담긴 말들이 누군가에게 닿을 수 있을까. 긴장과 기대가 뒤섞인 시간 속에서, 아이들은 말 대신 서로의 숨결로 확인했다.

무대 조명이 천천히 켜졌고, 네 사람은 걸음을 맞춰 앞으로 나갔다. 처음 걸음을 뗄 때 바닥이 약간 울리는 것 같았고, 그 떨림은 마음 한가운데까지 전해졌다. 조명이 머리 위를 천천히 따라오며 비췄고, 마이크는 이미 준비되어 있었다. 유진이 먼저 앞으로 나섰다. 마이크에 입을 대고 입을 열었다.

"저희는, 게임을 만들었습니다."

하늘이 노트북을 열고 이어받았다. 스크린이 켜지고, 검은 배경 위에 밝은 버튼 하나가 떴다. 'PLAY'. 화면 속 캐릭터는 물음표를 머리에 띄우고 천천히 앞으로 걸어갔다. 움직임은 느렸고, 텍스트 창엔 '왜?'라는 말풍선 하나가 떠 있었다. 하늘이 조용히 말했다.

"이건 정답을 맞히는 게임이 아니라, 질문을 찾는 게임이에요."

민재가 마이크를 넘겨받았다. 화면에 다양한 질문들이 떠오르기 시작했다. '지금 이게 맞는 걸까?', '틀리면 끝나는 걸까?' 같은 문장들이 차례로 지나갔다.

"사용자는 질문을 선택합니다. 하지만, 그 질문이 언제 정답이 될지는 아무도 몰라요."

4장. 생각은, 계속 자라는 중이니까

진우가 앞으로 걸어 나왔다. 주머니에서 접힌 종이 한 장을 꺼냈다. 손에 힘을 주지 않아도 그 종이는 자연스럽게 펼쳐졌다. 그 안에는 오랜 시간 생각한 말이 적혀 있었다. 진우는 천천히, 한 글자씩 소리 냈다.

"이 게임은, 누군가의 말보다 스스로의 질문을 먼저 마주하게 하기 위해 만들었습니다."

스크린에는 마지막 문장이 떴다. 조용하고 밝은 글씨로.

'답을 기다리는 시간보다, 질문을 발견하는 시간이 더 길기를.'

한동안 아무 말도 없었다. 마치 그 정적까지 게임의 일부처럼 느껴졌다. 그 순간, 심사위원 한 명이 손을 들었다. 마이크가 건네졌지만, 그의 입에서 바로 말이 나오진 않았다. 긴 침묵 끝에 그가 천천히 말했다.

"... 이건, 게임보단 편지 같네요."

아이들은 서로를 바라보지 않았다. 진우는 무대 한쪽에 있던 빈 의자를 바라봤다. 그 자리에 누가 있었으면 좋겠는지 생각하면서.

그날 저녁, 시상식에서 트로피가 주어졌다. 발표가 끝난 뒤에도 그 시간은 쉽게 끝나지 않았다. 서로의 어깨를 툭툭 치며 걸어가는 길, 말은 오가지 않았지만 눈빛만으로도 충분했다. 유진이 작게 중얼거렸다.

"이거, 우리만이 만든 시간 맞지?"

진우는 고개를 끄덕였고, 천장의 조명이 한 번 깜빡였다. 박수 소리는 크지 않았지만, 누군가의 손끝이 오래 남았다.

며칠 후, 도서관 중앙홀. 무대도 마이크도 없이, 진우는 종이 한 장만 들고 반원형으로 앉아 있는 아이들 앞에 섰다. 앞줄엔 초등학생, 그 뒤로는 중학생. 모두 발끝을 모으고, 눈은 조용히 앞으로 향해 있었다. 진우는 손에 쥔 종이를 펴지도 않고 입을 열었다.

"오늘은 말이 많지 않을 거예요."

그 말 뒤로, 다시 조용한 시간이 흘렀다. 진우는 종이를 접었다. 종이는 한 번도 펴지지 않았다. 그리고 고개를 들고 아이들을 바라봤다. 한 문장이 조용히 입에서 나왔다.

"머리로 푸는 문제보다, 마음으로 묻는 질문이 더 멀리 간다고 믿어요."

말이 끝나자, 누군가 의자를 조금 당겼다. 그 소리가 생각보다 크게 들렸다. 누군가는 목을 살짝 돌렸고, 또 다른 누군가는 눈을 아래로 떨궜다. 그 사이, 한 아이가 손을 들었다. 조심스럽게 입을 열었다.

"그럼... 진짜 공부는 뭐예요?"

진우는 바로 대답하지 않았다. 대신 그 아이의 눈을 가만히 바라봤다. 마치 그 질문이 방 안을 한 바퀴 돌고 자기 안으로 돌아오기를 기다리는 사람처럼. 그리고 천천히 말했다.

"그 질문을, 가방 안에 넣고 다니는 거야. 계속."

한 문장만 말하고 멈췄다. 그 말은 어딘가에 적히지도 않았고, 음성 녹음도 되지 않았다. 하지만 몇몇 아이는 손등에 펜으로 무언가를 쓰고 있었고, 어떤 아이는 책가방의 지퍼를 아주 천천히 닫았다.

진우는 더 말하지 않았다. 대신 가만히 아이들을 바라보았다. 그들의 눈빛은 대답을 기다리는 것이 아니라, 각자 마음속에 새로운 질문 하나쯤은 생긴 듯 보였다. 그 시간은 발표보다도 오래 남았다. 그리고 그 질문들은, 아마도 학교가 끝난 뒤에도 계속 가방 속 어딘가에서 함께할 것이다.

책상 위엔 정리되지 않은 교과서가 겹겹이 쌓여 있었다. 페이지 사이에 낀 종이 조각들은 하나같이 크기도 다르고, 접힌 자국의 방향도 서로 달랐다.

생각들이 잠시 걸터앉았다 떠난 흔적처럼 보였다. 필통은 한쪽으로 누워 있었고, 그 안에는 연필 두 자루가 바닥에 바짝 붙어 있었다. 지우개는 보이지 않았다. 진우는 없어진 것을 찾지 않았다. 대신, 새로운 페이지로 넘어가는 쪽을 택했다.

창밖에서 들어온 겨울 햇살이 책 가장자리를 따라 눕듯 번져 있었고, 그 위엔 진우의 손 그림자가 얹혀 있었다. 손 아래엔 초등학교 졸업 앨범이 있었다. 꺼낸 적은 없었다. 넘기는 순간, 어떤 기억이 너무 또 렷하게 눈앞을 가릴까 봐. 그래서 서랍 속, 잘 닿지 않는 구석에 밀어 넣은 채 두었다.

몸을 기울여 신발을 꿸 때, 바닥에 남은 먼지가 발등 위로 날았다. 현관 앞에 멈춘 진우는 발끝으로 마루 결을 한 번 문질렀다. 아침 공기는 말도 없이 조여 왔고, 양말을 통과한 차가움은 발목 둘레를 얇게 휘감았다. 골목길을 따라 걷는 동안, 고개는 내려가 있었고, 걸음은 길 가장자리를 밟고 있었다.

모퉁이쯤에서 걸음을 멈춘 그는, 짧게 뒤를 돌아보았다. 익숙한 거리엔 아무도 없었지만, 아직 닫히지 않은 기분 하나쯤은 그 자리에 남겨져 있는 것처럼 보였다.

그가 향하는 길은 어떤 계획을 위한 것도, 누군가를 넘어서기 위한 것도 담고 있지 않았다. 오히려, 오래전에 멈춰 있던 생각을 다시 꺼내어 천천히 걷는 연습에 가까웠다. 물어보는 사람은 없었지만, 그는 혼자서 자신에게 되묻고 있었다. 마음 깊은 곳에서 한 번 접힌 종이를 펴듯, 아주 조심스러운 걸음으로.

공원의 벤치엔 겨울의 끝부분이 아직 붙잡혀 있었다. 가지에서 뻗은 그림자는 잎 대신 선만 남기고 있었고, 바람은 벤치 다리 사이를 돌다 어디론가 흘러갔다.

민재는 이어폰을 한 쪽 귀에 꽂고, 반대 손으로 운동화 끈을 괜히 만지작거렸다. 묶이거나 풀리지 않은 매듭을 손끝으로 반복해서 쓰다듬는 그 움직임은, 말을 대신하는 것 같았다.

하늘은 자판기에서 돌아와 딸기우유 두 개를 들고 왔다. 비닐에 붙은 빨대가 달그락거리며 흔들렸다. 하나는 민재에게, 하나는 진우 앞에 놓였다. 아무 말도 없었지만, 건네는 손에서 느리게 이어지는 시간의 무늬 같은 것이 흘렀다.

유진은 바닥에 무릎을 꿇고 앉더니, 주머니에서 조약돌 하나를 꺼냈다. 흙 위에 조심스레 원을 그리고 있었다. 그 선은 출발점을 찾기 어렵고, 완성도 없는 형태였지만, 손끝은 일정하게 움직이고 있었다. 마치 한 번도 끝나지 않은 대화를 계속 이어가는 듯.

공원 끝 벤치에 앉은 아이들의 주위로 오후가 천천히 눕고 있었다. 잎을 다 떨군 나무들은 땅 위에 길고 얇은 그림자를 눌러두었고, 바람은 그 사이를 지나며 잔소리 없이 손끝만 건드렸다. 민재는 딸기우유를 들고 있었다. 흔드는 소리가 작게 퍼졌다.

"고등학교 가면 뭐 할 거야?"

질문은 장난처럼 던져졌지만, 누구도 바로 웃지 않았다. 하늘은 우유에 붙은 빨대를 툭 뜯었고, 뚜껑에 끼운 채로 가만히 앉았다. 마시지도 않고, 말하지도 않은 채. 대신 고개를 옆으로 돌려 진우를 바라보았다. 짧은 눈빛 하나. 그것만으로도 말을 채우는 느낌.

유진은 손을 멈췄다. 흙바닥 위에 그려둔 원 안에 손가락으로 조용히 점을 하나 찍었다. 그 점은 동그라미 한가운데에서 기다리고 있었다.

"나는 그냥... 계속 쓰고 싶어. 생각났을 때. 잊히기 전에."

그 말은 바람보다 작게 흘렀다. 진우는 아무 말도 하지 않았다. 손에 들고 있던 딸기우유의 빨대를 조용히 입에 물고, 한 모금 넘겼다. 혀끝에 닿은 단맛은 금방 사라졌지만, 목을 타고 내려간 그 온기는 오래 남았다.

시간은 흐르고 있었지만, 벤치를 떠나는 사람은 없었다. 민재는 이어폰을 다시 꽂지도 않았고, 하늘은 우유를 끝까지 비우지 않았다. 유진이 찍은 점은 지워지지 않은 채 그대로 남겨졌다. 흙바닥 위, 어딘가를 향해 닿지도 않은 선 사이에 작은 쉼표처럼 자리했다.

그날의 대화엔 마무리가 없었다. 결론도 없었고, 정리도 하지 않았다. 그럼에도 불구하고, 모두가 같은 곳을 바라보고 있다는 건 알 수 있었다.

진우는 그날 밤 난간 앞에 서 있었다. 바람은 높지 않았고, 거리의 소음도 들리지 않았다. 집 안 불빛은 모두 꺼져 있었고, 베란다 위로 펼쳐진 밤하늘만이 조용히 내려다보고 있었다. 진우는 입술을 조금 열었다가, 천천히 닫았다. 안에서 떠밀려 나온 말 하나가 입안 어딘가에서 방향을 잃고 맴돌다, 다시 들어갔다.

그걸 삼킨 것처럼 잠시 고요가 이어졌다. 몇 초가 흘렀다. 가로등 빛이 베란다 벽에 눌어붙어 있을 즈음, 아주 낮은 목소리가 공기 끝에 걸렸다.

"... 이젠, 생각하는 게 익숙해."

혼잣말이었지만, 그 순간만큼은 누군가 곁에 있었던 것처럼 느껴졌다. 아니, 곁에 있어야 할 말이 조금 늦게 돌아온 듯했다. 그 말은 아무 방향도 가지지 않았다. 누군가에게 가는 것도, 어디를 향해 던지는 것도 아니었다. 마치 오래된 일기장 속 구겨진 한 줄처럼, 시간이 지난 뒤에야 의미를 가지는 종류의 말.

진우는 다시 고개를 들었다. 구름은 하늘에 길게 눕고 있었고, 그 틈엔 별 대신 어떤 기분이 떠 있었다. 질문이 언뜻 떠오르는 듯했지만, 진우는 그 질문을 말로 바꾸지 않았다. 그것은 이제, 말보다 오래 남을 무언가가 되어 있었다. 대답은 필요 없었다.

생각은 거기까지 도달한 것으로 충분했다. 그렇게 조용한 밤, 혼자라는 느낌보다 먼저 찾아온 건 생각이었다. 그리고 그 생각은, 말보다

가까운 자리에 머물러 있었다.

책상 위엔 전원이 꺼진 에이다가 놓여 있었다. 전에는 푸른 불빛을 깜빡이며 하루의 시작을 함께했지만, 지금은 달랐다. 진우는 말없이 의자에 앉아, 기기를 바라봤다. 진우는 그 기기를 조심스레 들어 책장 맨 위 칸, 오래된 사전 옆에 눕혔다. 그 자리는 평소 잘 쓰지 않던 공간이었고, 이젠 에이다 없이도 괜찮았다. 무엇이든 대신 결정해 주는 존재가 곁에 있지 않아도, 길을 찾을 수 있을 것 같았다.

의자 등받이에 기대 눈을 감았다. 무언가를 끝냈다는 기분보다, 오히려 이제 진짜로 시작해야 할 것 같은 느낌이 머리 안쪽에서 천천히 번져왔다.

폰을 꺼내 단톡방을 열었다.

'생각하는 법 연구회'

사실 이름만 거창했지, 늘 웃긴 짤들이 날아다니던 곳이었다. 진우는 짧게 입력했다.

'이번 방학엔, 우리 생각 좀 해보자.'

곧바로 민재가 답장을 보냈다.
"무슨 생각? 또 수행평가용?"

잠깐 뒤, 유진도 메시지를 올렸다.
"진짜 공부야? 아니면 또 실험?"

진우는 손가락을 멈췄다가, 천천히 자판을 눌렀다.
"아니. 그냥, 진짜 생각."

'진짜 생각'. 이 말은 쓰면서도 선명하게 설명할 수 없었다. 하지만 분명 뭔가가 있었다. 누군가 대신 정리해 주지 않는 상태, 누가 맞다 틀리다 말해주지 않는 시간. 그 안에서 자기 머리로 뭔가를 길어 올리는 행위. 며칠 전, 나나 선생님이 수업 끝나고 남긴 말이 자꾸 떠올랐다.

"틀린 채로 오래 있어본 아이만, 진짜 생각을 시작하거든."

진우는 그 말을 집에 와서도 계속 생각했다. 그날 이후로 에이다에게 조금씩 거리를 뒀다. 틀린 문제를 고치지 않고 그냥 둔 날도 있었고, 모르는 단어를 검색 대신 조용히 소리 내어 읽은 날도 있었다. 속도는 느려졌지만, 대신 머릿속 어딘가가 다시 움직이기 시작했다. 그 느낌이 답답하지 않은 이유는, 그 안에서 무언가 처음으로 '자기 것'이 되어가는 기분이 들었기 때문이었다.

창밖에서 자전거 벨소리가 울렸다. 진우는 창문을 열었다. 헬멧도 안 쓴 민재가 한 손으로 핸들을 잡고 아래에서 소리쳤다.

"야, 생각하는 방학이면 간식은 생각 안 해도 돼?"

"알아서 간식 많이 챙겨 왔을 거라고 믿는다~ 고민도 배고플 테니까."

진우는 웃으며 두 손으로 브이자를 만들었다. 얼굴에는 긴장이 풀린 듯한 표정이 살짝 지나갔다. 폰을 다시 보니, 유진의 메시지가 와 있었다.

"방학 첫날, 계획 대신 질문으로 시작하는 거? 그거, 좀 근사한데."

진우는 답장을 보내지 않았다. 그냥 책상 위에 폰을 내려놓고, 서랍을 열었다. 작년에 쓰다 남긴 공책이 하나 있었다. 첫 페이지에는 엉성한 글씨와 함께 작년 5월 날짜가 적혀 있었다. 진우는 새 페이지를 펼쳐, 네모칸 하나를 그렸다. 그리고 그 안에 이렇게 썼다.

'질문 0. 나는 지금 어떤 생각부터 꺼내야 할까?'

그 문장을 보고 한참 동안 멈춰 있었다. 이건 정답이 필요 없는 질문이었다. 누가 맞다고 말해주는 것도 없고, 틀렸다고 지우는 일도 없는.

밖으로 나와, 진우는 놀이터 쪽으로 걸었다. 학교 앞 놀이터. 그곳엔 민재가 먼저 도착해 있었다. 자판기에서 음료수를 뽑고 있었다.

"오, 진짜 나왔네?"

민재가 손을 흔들며 다가왔다. 진우가 벤치에 앉자, 유진도 천천히 걸어왔다. 양손에 음료수 두 개를 들고 있었다. 세 사람은 각자 하나씩 캔을 들었다.

'칙'

딱 그 소리만 나고, 한동안 아무 말도 없었다. 진우가 먼저 말을 꺼냈다.

"우리 이번 방학 동안, 딱 하나씩만 생각해 보자."

민재: "예를 들면?"
진우: "나는... '내가 뭘 좋아하는지'."
유진: "나는... '틀려도 괜찮은 순간'."

민재는 캔을 굴리며 말했다.
"그럼 난... '내가 왜 이렇게 눈치를 많이 보지?'"

짧은 대화였지만, 그 속에 담긴 건 간단하지 않았다. 그건 아무리 검색해도 나오지 않는 것들이었고, 어느 교과서에도 줄이 그어져 있지 않은 이야기들이었다.

해가 기울었다. 놀이터 철봉 그림자가 길게 늘어졌고, 바람이 조용히 운동장 쪽으로 흘렀다. 진우는 마지막으로 이렇게 말했다.

"지금 이 얘기, 에이다랑은 못 했을 거야."

민재도, 유진도 아무 말 하지 않았다. 그냥 조용히, 그 말의 여운을 따라갔다. 그리고 셋은 알았다. 질문 하나로 시작된 이 방학이, 지금까지의 어느 방학보다 오래 기억에 남을 거라는 걸. 왜냐하면 이번만큼은 누구한테 배우는 게 아니라, 자기 안에서 꺼내는 중이니까. 그리고 그게 진짜 '생각'이니까.

골목 끝, 작고 오래된 책방 간판엔 '책밭'이라는 이름이 걸려 있었다. 나무로 된 문은 약간 벌어져 있었고, 안에서 종이 넘기는 소리가 들렸다.

진우가 먼저 도착했다. 셔츠 단추를 두 개쯤 풀고 앉은 채, 책장 사이를 두리번거리다 작은 원형 테이블로 걸어갔다. 책상 위에는 미리 준비해온 노트 네 권이 놓여 있었고, 각 표지엔 연필로 작게 이름이 적혀 있었다.

곧 민재와 유진, 하늘이 차례로 들어왔다. 다들 평소와 다르게 노트북도 가방도 없이, 손에는 가벼운 메모지 하나씩만 들고 있었다. 에어컨은 없었지만, 천장에 달린 선풍기가 돌아가며 종이 포스트잇들을 살짝 흔들었다.

"우리 뭐 하는 거냐, 진짜." 민재가 의자에 앉으며 말했다.
"질문 노트 만든다며." 유진이 대꾸했고, 하늘은 조용히 고개만 끄덕였다.

"각자 질문 하나씩만 가져오자 했잖아. 너무 길게도 말고, 너무 어렵지도 않게." 진우가 메모지를 펴며 말했다.

유진이 먼저 말했다.
"나, 질문 1. 우리가 왜 친구지?"

민재가 웃었다.
"그걸 왜 이제 와서 묻냐?"

"그냥. 친구는 맨날 같이 있는 사람이라고 생각했는데… 가끔 그게 익숙해서 더 모르게 되는 거 있잖아."
유진은 말을 마치고 손바닥에 펜을 굴렸다.

하늘이 뒤를 이었다.
"질문 2. 잘 모르는 걸 계속 묻는 건 창피한 일일까?"

민재는 뭔가 말하려다 잠깐 멈췄다.
"질문 3. 생각은 어느 순간 생기는 걸까?"

마지막으로 진우가 메모지에 적은 글을 조용히 읽었다.
"질문 4. 진짜 나라는 건 어떻게 생기는 걸까?"

잠깐, 아무도 말을 하지 않았다. 그냥 서로의 눈을 한 번씩 마주쳤고, 바깥의 빛이 창문을 타고 천천히 책등 위로 내려앉았다. 그때, 카운터

쪽에서 움직임이 있었다. 책방 사장님이었다. 검은 머리 사이사이로 흰 머리가 섞여 있었고, 눈썹은 짙고 목소리는 낮았다. 셔츠는 오래된 체크무늬, 단추 하나가 반쯤 풀린 채였다. 그는 청소하듯 손을 털더니 네 사람을 향해 고개를 돌렸다.

"너희, 지금 진짜 공부하는 중이야."

그 말은 크게 울리지 않았지만, 어딘가 깊은 데에 가 닿은 것처럼 느껴졌다. 진우는 조용히 말했다.
"근데 왜 학교에선 이런 공부는 안 가르쳐 줄까요?"

사장님은 잠시 웃고, 다시 책을 정리하러 몸을 돌렸다.
"그건 너희가 커서 직접 알려줄 차례니까."

유진이 작게 중얼였다.
"공부가 문제를 푸는 것만은 아니구나."

하늘이 조용히 고개를 끄덕였고, 민재는 테이블에 볼펜을 세우려다 실패했다. 그러곤 말했다.

"이거 진짜 어디다 써먹진 못하겠지?"

진우는 웃으며 말했다.
"근데 되게 기억은 남을걸."

책방 안은 다시 조용해졌고, 네 사람은 각자의 노트를 열었다. 질문은 여전히 답이 없었지만, 그 질문을 공유했다는 사실만으로도 오늘은 충분했다.

바깥으로 나올 때, 유진이 문을 잡았다.
"진짜 나라는 건 그냥 나 혼자서 생각할 때보다, 같이 이런 얘기 할 때 조금씩 생기는 것 같아."

진우는 작게 웃었다.
"그럼 우리, 이번 방학은 계속 질문만 하면서 살자."

문이 닫히고, 종소리 하나가 책방 안에 짧게 울렸다. 그 울림은 금방 사라졌지만, 네 명의 마음엔 이상하게 오래 남았다. 서점 앞 골목을 빠져나오자, 햇빛이 벽돌 틈에 걸려 느리게 흘렀다. 민재는 뒷짐을 지고 걷다가 갑자기 멈췄다.

"야, 근데 아까 그 질문 있잖아. '진짜 나'라는 거. 그거, 솔직히 말해서 잘 모르겠다."

진우가 멈춰서 그를 돌아봤다.
"응, 나도 아직 모르겠어."

하늘이 천천히 이어서 말했다.
"그런데도 자꾸 그런 걸 물어보게 되잖아."

민재는 킥킥 웃다가 얼굴을 찡그렸다.
"왜냐면 어른들이 너무 '너답게' 살라 그래. 근데 정작 난 '나답다'는 게 뭔진 모르겠고. 이상한 말 아냐? 자기답게 살라면서 학교에선 똑같이 살아야 하잖아. 똑같이 공부하고, 똑같이 진도 나가고, 학원 가고, 또 공부하고, 시험 보고... 계속 반복이야. 이게 진짜 나다운 걸까? 아니면 그냥 다른 친구들도 다 하니까 나도 해야 되는 걸까? 어렵다, 진짜."

유진이 가로등 기둥에 등을 기대며 말했다.
"맞아. 친구 생일 선물도 '이런 거 좋아할 것 같아서' 사주는 게 아니라, 그냥 '보통 이 나이 때는 이거 사더라' 하고 따라 사는 거잖아."

진우가 고개를 살짝 끄덕였다.
"그냥, 모든 게 '정답처럼 보이는 걸 고르는 연습' 같아. 우리한테 진짜 필요한 건, '모르는 상태를 견디는 연습'인데."

그 말이 끝나자 민재가 눈을 찌푸리며 입꼬리를 올렸다.
"야, 진우야... 아 진짜 징그러워. 도덕쌤 같아. 그만해, 그만, 제발."

유진도 웃음을 터뜨렸다.
"근데... 좀 멋있긴 했어. 싫은데 공감돼서 더 얄미워."

하늘이 작은 돌멩이를 발끝으로 굴리며 말했다.

"근데 그런 상태에서 가만히 있을 줄 아는 사람이, 결국 진짜 궁금해지는 것 같아. 그냥 답만 바로 얻는 건 궁금한 척하는 거지, 진짜 궁금한 게 아닌 것 같기도 하고."

민재가 고개를 들었다.
"그럼, 그 질문 노트는 언제부터 쓰는 거냐? 오늘부터?"

진우는 주머니에서 연필을 꺼냈다.
"아니. 지금부터."

그러곤 전봇대 아래 배전함 위에 노트를 하나 펴고, 글자를 눌러 적었다.

'질문 5. 사람은 언제 자기 생각이 생기기 시작할까?'

유진이 그걸 힐끔 보더니 말했다.
"사람마다 다르지 않을까? 나는... 엄마랑 싸우고 혼자 방에 들어갔을 때. 그때 처음, 내가 뭘 느꼈는지 내가 생각해야겠다는 마음이 들었어."

민재는 슬리퍼 앞코로 바닥을 긁었다.
"난 자다가 꿈꿨을 때. 뭐 말도 안 되는 꿈이었는데, 그게 왜 그런지 혼자 생각하다가 깨버렸거든. 근데 웃긴 건, 그때 생각한 내용은 하나도 기억 안 나."

하늘이 조용히 말했다.
"나는 지금. 우리가 이렇게 얘기할 때."

그 말에 셋이 잠깐 조용해졌다. 진우는 노트를 덮고, 천천히 웃었다.
"이런 시간, 에이다한텐 기록도 안 남을 거야. 로그에 안 찍히는 순간이잖아."

유진이 장난스럽게 말했다.
"그럼 우리가 지금 로그아웃된 상태라는 거네?"

민재가 다시 킥킥 웃었다.
"아, 그러면 우리 방학 끝날 때까지 로그인 금지야?"

"아냐. 로그인은 해도 돼. 근데 '자동 저장'은 끄자."
진우의 말에 네 사람 모두 동시에 웃었다.

가로등 불빛이 하나둘 켜지고 있었다. 어느새 해는 완전히 넘어가 있었고, 공기엔 초저녁 냄새가 묻어났다. 그들은 아직 아무 답도 찾지 못했지만, 그게 그리 나쁘지만은 않았다. 질문이 있다는 건, 아직 멈추지 않았다는 뜻이니까. 그리고, 그건 어쩌면 아주 오래도록 잊히지 않을 이야기의 시작이 될지도 몰랐다.

동네 공원, 해가 지기 직전. 벤치 옆 느티나무 아래엔 낡은 회전 그네 대신, 녹슨 철봉과 오래된 어깨 돌리는 기구들이 조용히 서 있었다.

바닥엔 누가 버리고 간 초코바 포장지가 구겨져 있었고, 바람은 그것을 한 칸쯤 밀어냈다.

민재, 유진, 하늘, 진우. 네 명은 벤치와 그 주변 바닥에 흩어지듯 앉아 있었다. 스마트폰은 모두 가방 안에 있었고, 서로의 말보다 먼저 나뭇잎이 흔들렸다. 유진이 바지를 툭툭 털며 말했다.

"어릴 땐 친구가 많으면 좋은 줄 알았는데, 지금은 꼭 그런 건 아닌 것 같아. 몇 명이라도, 그냥… 말 안 해도 편한 사람이 더 좋아졌어."

진우는 그 말에 짧게 고개를 끄덕였고, 발끝으로 잔디를 아주 천천히 밀었다. 회전 그네는 없었지만, 공기엔 여전히 미세한 리듬이 있었다. 민재는 벤치 옆 흙바닥에 손가락으로 동그라미를 그리고 있었다.

"친구라는 것도, 나한테 맞춰주는 사이랑 맞아서 자연스러운 사이는 좀 다르더라. 편하려고 애쓰는 거면, 그냥… 그건 아닌 것 같아."

하늘은 벤치에 등을 기대더니, 신발 끝으로 바닥의 작은 모래를 툭툭 건드렸다.

"질문 노트에 그거 썼었잖아. 모르는 걸 묻는 게 부끄러운 일이냐고. 가만 보면, 창피하다는 느낌 자체가 누가 '그것도 몰라?' 하는 눈빛 줄까 봐 더 무서운 거였던 것 같아."

말들이 길지 않았다. 누구도 고치지 않았고, 누구도 결론을 내려 하지 않았다. 누군가 멈추면, 다른 누군가가 조용히 이어갔다.

민재가 킥킥 웃으며 말했다.
"우리 좀 이상하지 않냐. 중학생 넷이 공원 구석에 앉아서, 이런 얘기나 하고 있고."

유진도 따라 웃다가 고개를 들어 말했다.
"근데 말야, 이상하다고 말하는 애들은 그런 얘기를 해본 적이 없는 거 아닐까. 우리끼리는... 괜찮잖아. 기준 같은 거 안 세워도."

하늘이 고개를 뒤로 젖혀 붉어진 하늘을 올려다봤다.
"그래서 그런 시간이 좋아. 답 없어도 되는 시간. 조용한데, 이상하게 머릿속은 계속 움직이는 그런 때."

진우는 가방에서 노트를 꺼냈다. '질문 6'이라고 쓰려다 말고, 잠깐 펜을 멈췄다. 그리고 아주 작게 말했다.

"... 에이다는 이런 상황이면 뭐라고 했을까."

그 말은 누구도 이어받지 않았지만, 그 누구에게도 낯설지 않았다. 그림자처럼 옆에 조용히 머물렀다. 하늘이 철봉에 등을 기댄 채 말했다.

"수학 문제 풀다가 그런 생각 들었어. 답이 보이면 속은 편한데, 이상하게 흥미는 확 식어. 모를 때가 오히려… 오래 붙잡게 되더라."

민재가 하늘을 쳐다보며 웃었다.
"아, 나 그거 뭔지 알아. 정답 외우는 게 싫은 이유가 그거였어. 너무 빨리 끝나버리니까."

진우는 노트에 천천히 글씨를 눌렀다.

'질문 6. 답보다 오래 남는 건 무엇일까?'

펜끝이 멈추고, 공원의 가로등 하나가 켜졌다. 쇠기둥에 매달린 조명이 잔디를 노랗게 물들였다. 유진이 조용히 말했다.

"요즘은 조용한 사이가 좋은 것 같아. 말 많은 관계보다, 그냥… 말 없어도 불편하지 않은 사이."

민재는 장난스레 말했다.
"그거 철든 거야? 아님 그냥 우리가 말수가 줄어든 걸까?"

유진은 어깨를 으쓱했다.
"글쎄. 근데, 지금 이게 더 괜찮긴 해."

공원의 어둠이 구석부터 퍼져왔다. 네 명은 자리에서 천천히 일어났고, 서로를 부르지도, 먼저 걷자고 말하지도 않았다. 네 명 모두, 같은 속도로 천천히 걸었다. 답은 없었지만, 질문은 각자의 손에 들려 있었다. 그리고 그 질문들이 다시 공원 어딘가로 돌아오기를, 누가 먼저 말하지 않아도 다들 바라고 있었다.

밤 7시 34분. 민재네 아파트 옥상은 생각보다 조용했다. 엘리베이터 옥상실에서 들려오는 약한 기계음, 아래서 올라오는 주차장 불빛이 옥상 벽면을 어설프게 비추고 있었다. 울타리 너머로 펼쳐진 시내는 반짝였고, 하늘은 점점 어두워졌다.

네 명은 난간 근처 매트 위에 모여 있었다. 누구도 스마트폰을 꺼내지 않았고, 굳이 뭘 시작하자는 말도 없었다. 민재가 종이 한 장을 꺼냈다. 지워진 흔적이 남은 수학 문제. 그는 조용히 말했다. 오늘은 이거, 다시 풀어보자고. 유진이 문제를 들여다보며 말했다.

"근데 이거, 정답보다 왜 이 방법 썼는지가 더 재밌다."

민재는 가볍게 고개를 끄덕였다. 그 문제는 예전에 틀렸던 거였다. 답을 찾으려다 애매하게 끝났고, 그냥 넘겼던 문제. 그날은 다시 풀어보고 싶어졌다. 틀린 문제였지만, 이상하게도 마음에 남아 있었으니까. 진우는 노트를 꺼냈다. 적어 내려가는 대신, 한참 동안 하늘을 올려다봤다.

"에이다는 정답만 줬지, 이유는 설명 안 해줬어…"

그 말이 옥상 위 공기 사이로 조용히 흘렀다. 누구도 그 말에 답하지 않았지만, 누구도 멈추지 않았다. 유진은 펜을 들고 숫자 옆에 기호를 고쳤고, 하늘은 옥상 벽에 등을 기댄 채 신발 끝으로 바닥을 툭툭 건드렸다. 눈을 들고 한 마디를 보탰다.

"그게 빠르니까 좋은 줄 알았는데, 지금은 아닌 거 같아."

네 사람 모두 문제를 풀고 있었지만, 숫자보다 오래 머무는 건 생각이었다. 누가 먼저 맞혔는지는 중요하지 않았다. 왜 그렇게 풀었는지, 어떤 길을 택했는지가 조용히 남고 있었다.

민재는 펜을 잠시 내려두었다. 수학 문제의 마지막 줄을 바라보다가, 그 종이를 조용히 옆으로 밀었다. 그리고 작게 웃었다. 민재가 푼 문제의 정답은 어떤 것도 아니었지만, 민재가 어떤 길을 따라갔는지는 분명히 남아 있었다. 그 순간, 바람이 옥상 울타리를 가볍게 흔들었고 엘리베이터 기계음이 다시 한번 짧게 울렸다. 하늘은 무릎 위에 펼쳐둔 노트에 짧은 메모를 남겼다. 숫자 사이, 혼자만의 문장을 적는 듯 조용했다. 진우는 노트를 덮었다. 표지에 손을 얹은 채, 아래에서 올라오는 불빛을 잠깐 바라보다가 작은 목소리로 말했다.

"… 에이다는 이런 상황이면 뭐라고 했을까."

대답은 없었지만, 아무도 낯설어하지 않았다. 그 말은 질문이었고, 동시에 공기처럼 곁에 머물렀다. 유진은 눈을 가늘게 뜨며 난간 너머를 바라봤다. 가장 멀리 있는 불빛이 깜빡거리고 있었고, 민재는 다시 펜을 들었다.

하늘이 천천히 말했다.
"답을 보는 순간 마음이 식는 기분, 나도 그래. 모를 때는 짜증 나도, 자꾸 생각하게 되더라."

민재는 하늘을 보고 작게 웃었다.
"그거네. 내가 왜 정답 외우는 게 싫은지. 그게 너무 빨리 끝나버리니까. 궁금한 걸 오래 갖고 있을 수가 없잖아."

가로등 불빛이 하나 둘 아래 마당을 밝히기 시작했고, 도시의 소음이 멀어지는 밤이었다. 그들은 답을 알기 위해 이 자리에 모인 게 아니었고, 질문이 계속 남아 있기를 바라는 마음으로 자리를 지켰다. 그리고 그 마음은, 각자 손에 들고 있는 노트에 아주 천천히 남아 가고 있었다.

학교 근처 분식집. 에어컨 소리는 천천히 돌아가고 있었고, 볶음김치 냄새는 테이블 사이를 따라 흐르고 있었다. 창밖은 여름의 끝자락. 노을빛이 유리창에 기울어 앉아 있었다. 진우와 민재, 유진, 하늘은 하나의 테이블에 둘러앉아 김말이를 나눠 먹고 있었다. 젓가락이 한두 번 더 움직이고, 식혜는 반쯤 남아 있었다. 그때, 입구 쪽에서 익숙한 목소리가 가게 안을 가볍게 건드렸다.

"어? 너희 요즘 왜 그렇게 조용해졌니?"

고개를 돌리자, 나나 선생님이 포장 봉투를 들고 서 있었다. 앞치마를 두른 사장님과 몇 마디 인사를 나누고 있었고, 웃음기 어린 눈으로 아이들을 바라봤다.

유진이 먼저 웃었고, 진우는 눈을 깜빡였다. 민재는 젓가락을 들고 있던 손을 무릎 위에 조심스럽게 내려놓았고, 하늘은 선생님의 얼굴을 조용히 바라보다가 고개를 천천히 숙였다.

짧은 침묵. 튀김 기름 소리가 가게 안에 퍼지고 있었다. 그 틈을 유진이 채웠다.

"선생님 말대로, 질문을 자주 꺼내고 있어요."

선생님은 작게 웃었다. 그 미소는 오래 머물지 않았지만, 그 사이 무엇인가를 확인한 눈빛처럼 보였다. 선생님은 테이블로 다가와 잠시 머물렀고, 포장된 김밥 봉투를 내려놓았다. 그 속엔 아이들을 위한 마음이 들어 있었는지도 몰랐다.

"생각은 혼자 떠오르기도 하지만, 같이하면 더 멀리 가거든."

그 말은 가게 안 공기를 조금 다르게 만들었다. 누구도 답을 하지 않았지만, 네 명 모두 같은 방향을 잠깐 바라보았다. 진우가 가방을 열고 조심스럽게 수첩을 꺼냈다. 질문들이 빼곡히 적힌 페이지. 글씨는 다소 삐뚤었고 형광펜 자국이 남아 있는 부분도 있었지만, 그 안엔 지난 시간들이 조용히 쌓여 있었다.

진우는 말없이 수첩을 나나 선생님 쪽으로 기울였다. 딱히 보여주려는 제스처도, 설명도 없었다. 그저, 보여주고 싶다는 마음 하나만 놓여 있었다. 선생님은 고개를 끄덕였고, 미소를 한 번 더 짓더니 작게 말했다.

"이제, 너희는 내 수업 없어도 괜찮겠네."

그 말은 따뜻한 농담 같았지만, 어딘가를 눌렀다. 하늘이 식혜를 다 마신 컵을 한 번 더 돌렸고, 민재는 고개를 숙인 채 젓가락을 잡은 손을 풀었다.

잠시 후, 분식집 문이 다시 열렸다. 바깥공기가 가게 안으로 들어왔고, 여름의 마지막 냄새가 테이블 위에 닿았다. 선생님은 포장 봉투를 들고 조용히 걸어 나갔다. 말은 짧았지만, 그 자리엔 오래 머무는 무언가가 남겨졌다.

그 여운 속에서 하늘이 계산을 하겠다고 일어섰다. 유진과 민재가 뒤따라 일어났고, 진우는 다시 수첩을 가방 안으로 밀어 넣었다. 카운터 앞, 사장님은 계산기를 누르지 않았다. 대신 유리문 옆 서랍에서 무언가를 꺼내 접어 건넸다.

"이거, 너희 선생님이 남기고 간 거야. 계산은 그분이 하고 가셨어."

네 명 모두 멈췄다. 하늘이 종이를 펴서 읽었다. 종이는 작고 얇았지만, 그 안의 글은 무거웠다. 글씨는 일정하지 않았고, 몇 자는 약간 번져 있었지만 그 느낌은 분명했다.

"지금도 충분히 잘하고 있어요. 정답이 없을 때는, 방향을 고르기만 해도 괜찮아요. 질문을 가진 사람은 언제든 다시 시작할 수 있으니까요. 너희가 멈추지 않고 생각하고 있다는 게, 나는 참 좋아요. 선생님은 항상 너희를 응원해요. 필요하면, 돌아봐도 돼요. 나는 거기 있을 테니."

민재는 숨을 한번 깊게 들이쉬었다가 고개를 숙였다. 유진은 입꼬리를 올렸지만, 눈동자 아래가 살짝 흔들렸다. 진우는 종이를 한 줄씩 다시 읽었다. 천천히, 또박또박. 그 말들이 진짜 자신을 향한 말이라는 걸 이해하는 데 시간이 조금 걸렸다. 사장님은 조용히 주방으로 들어갔고, 아이들은 그 앞에 서서 서로를 바라보다가, 아무도 먼저 말하지 않았다.

하늘이 종이를 조심히 접어 진우에게 건넸고, 진우는 그걸 수첩 안쪽에 넣었다. 그 쪽지가 닿은 자리에는 아무 글자도 없었지만, 그 빈칸은 오래 남아 있을 것 같았다.

분식집 문을 밀고 나왔을 때, 바깥은 조금 더 어두워져 있었다. 햇살이 완전히 빠진 하늘 아래, 가게 불빛만이 뒤에 남았다. 누군가 머무는 자리를 기억한다는 게 이렇게 오래 따뜻할 수 있다는 걸, 그날 네 명은 처음으로 진하게 느꼈다.

그로부터 며칠 뒤. 모든 학생들이 기다리던 중학교 3학년 졸업식 날이었다. 교문 앞은 평소보다 더 붐볐고, 꽃다발과 사진기, 그리고 서로의 어깨를 툭툭 치며 웃는 아이들이 모여 있었다. 하지만 진우는 조용히, 평소보다 조금 일찍 학교에 도착했다.

운동장은 축하 현수막 아래로 햇빛이 내려앉아 있었고, 흰 의자들이 규칙적으로 놓인 강당은 아직 준비 중이었다. 진우는 3층 교실 뒤편에 혼자 앉아 있었다. 책상 위엔 가방이 열려 있었고, 안에는 지난 방학 내내 들고 다녔던 수첩이 놓여 있었다. 그 수첩 속, 수많은 페이지를 지나 마지막에 가까운 곳엔 그날 공원 벤치에서 남긴 질문이 남아 있었다.

"만약, 아무도 답해주지 않는다면 너는 무슨 질문부터 꺼낼래?"

진우는 그 문장을 천천히 읽고, 노트를 덮었다. 그건 대답을 위한 질문이라기보다, 이제 어디서든 꺼내 들 수 있는 마음의 시작점처럼 느껴졌다.

민재가 문을 열고 들어왔다. 가슴에 달린 꽃이 옷깃 옆으로 기울어 있었고, 손에 들린 졸업앨범은 아직 비닐도 벗기지 않은 상태였다. 진우는 작게 웃었고, 민재는 말없이 그 옆자리에 앉았다.

"졸업 축하한다." 같은 말도 굳이 하지 않았다. 서로가 그 자리에 있다는 것만으로, 충분했다.

강당에서 이름이 하나씩 불렸다. 진우의 이름이 호출되었고, 그는 천천히 무대로 걸어 나갔다. 졸업장을 받을 때 손끝이 살짝 떨렸지만, 뒤쪽에 앉아 있던 민재의 시선이 그 떨림을 덮어주고 있었다.

다시 자리로 돌아와 앉을 때, 진우는 가방을 열었다. 수첩 안에는 여전히 나나 선생님이 남겼던 쪽지가 접혀 있었다. 그 종이 한쪽에, 오늘 아침 적어둔 한 줄이 있었다.

"답을 기다리지 않아도 괜찮다는 걸 알게 된 날."

졸업식은 그렇게 천천히 끝났고, 사람들은 하나둘 가방을 들고 학교를 빠져나갔다. 사진을 찍는 무리도 있었고, 마지막으로 교실을 둘러보는 아이들도 있었다. 하지만 진우는 운동장 벤치로 걸었다. 거기엔 민재가 먼저 와서 앉아 있었다. 두 사람은 말없이 가방을 무릎 위에 올려놓았고, 잔잔한 겨울 햇빛 아래서 그냥 그렇게, 잠깐 머물렀다.

수첩은 열리지 않았지만, 그 안에 적힌 질문들은 여전히 살아 있었다.

졸업식은 끝났지만, 질문은 여전히 진행 중이었다. 누군가 답해주지 않는 날에도 이제는 스스로 질문을 꺼낼 수 있는 사람들이 그 자리에 앉아 있었다.

그로부터 시간이 조금 흘렀다. 졸업식도 지나고, 교과서도 가방에서 빠졌다. 하지만 진우의 수첩 속에는 아직도 넘기지 않은 페이지가 남아 있었다. 누군가는 매일 같은 질문 앞에 멈춰 선다.

"정답은 뭐야?"
"틀리면 안 되는 거지?"
"생각하지 말고 외워."

그럴 때면, 너도 예전엔 고개를 끄덕였을지도 몰라. 하지만 네 마음 안 어딘가에서는 조용히 이런 말이 움직이고 있었을 거야.

"근데, 그게 진짜 나한테도 맞는 답일까?"

지금도 누군가는 책상 앞에서 검은 펜으로 문제의 정답을 베끼고 있을지도 몰라. 또 누군가는 손을 들고 싶은 순간을 눈치 때문에 흘려보내고 있을지도 몰라. 그럴 때, 이 책이 너의 마음 어딘가에 작은 말 하나로 남아 있었으면 좋겠다.

질문은 꼭 빨리하지 않아도 돼. 틀렸다고 주저앉지 않아도 돼. 빠른 게 전부는 아니니까. 모르는 건 잘못이 아니야. 입을 열지 못한 날도,

그냥 지나간 게 아니니까. 가장 중요한 건, 멈추지 않는 너의 생각이야. 언젠가는 알게 될 거야. 정답은 흐려질 수 있지만, 질문은 오래 남는다는 걸. 그리고, 그 질문을 꺼낸 순간부터 이미 너는 혼자만의 방향을 만든 거라는 걸.

어느 날, 너도 말하게 될지 몰라.

"나도 예전엔 그냥 정답부터 말하려고 했거든. 근데 지금은, 어떤 질문을 꺼낼지부터 생각하게 됐어."

그 말이 누군가에게 닿는다면, 지금 네가 망설인 시간도, 말없이 넘긴 노트의 빈칸도, 돌아서 걷던 그 복도도, 모두 괜찮은 거야.

그리고 그날, 진우는 이렇게 말했다.

"나는 이제, 누가 뭐라 해도 내 질문부터 꺼내기로 했어."

그 말은 선언이 아니라 시작이었다.

그러니까, 지금 이 순간에도 생각을 멈추지 말아 줘. 그 생각이 너의 꿈을 조금씩 움직이고, 그 꿈이 또 누군가의 희망이 될 수 있으니까. 질문을 꺼내는 사람을, 언제나 응원해.

진우로부터, 그리고 이 이야기를 함께 만든 모두의 마음으로.

5장. 나나 선생님의 편지

첫 번째 편지

너무 조급해하지 않아도 괜찮아.
우선, 하나부터 시작해 보자.

해야 할 일이 많고 머릿속이 복잡해서
아무것도 손에 잡히지 않을 때는
종이에 가장 중요한 일 다섯 가지를 적어봐.

그중에서 비교적 덜 중요한 것을
하나씩 하나씩 빼가면서
마지막까지 남아 있는 그 하나에만 집중해 보자.

하나를 제대로 해낸다는 건
그 자체로도 충분히 의미 있고 멋진 일이거든.

무엇보다 그 경험은
다른 일들도 충분히 해낼 수 있을 거라는
믿음을 심어줄 거야.

그렇게 쌓인 경험들이
조금씩 너를 단단하게 만들고,
다른 일에도 용기를 낼 수 있는 힘이 되어줄 거야.

두 번째 편지

다른 사람과 비교하기보다는
노력하기 전의 나와 노력한 후의 나를 비교해 보길 바라.

만약 그 노력 덕분에
내가 조금이라도 더 나은 사람이 되었다면,
그건 이미 나 자신에게 아주 큰 의미가 된 거야.

그러니 오늘은 다 잘하려고 애쓰지 말고,
딱 하나만, 나를 더 좋아하게 될 선택을 해보면 어떨까?

스마트폰을 덜 보는 것,
물을 한 잔 더 마시는 것처럼
작고 사소해 보이는 것도 괜찮아.

하루하루는 내가 얼마나 성장했는지 느끼기 어렵지만,
어제보다 나은 나를 만들어가는 작은 선택들이 쌓이면
어느 순간, 지금보다 훨씬 멋진 네가 되어 있을 거야.

그때의 나를 상상하며
하루에 하나씩 나를 세워가는 선택을 해보자.

세 번째 편지

지금 해야 할 일을 미루지 말자.

머릿속이 복잡하고 어디로 가야 할지 몰라도
그냥, 조용히 한 걸음 내디뎌 보자.

안 되는 이유들을 잠시 내려두고
가볍게 시작해 보는 거야.

신기하게도 막상 시작하고 나면
생각보다 어렵지 않고
내가 걱정했던 것보다 훨씬 빨리 끝나기도 해.

'힘들 것 같아서'라는 이유로 자꾸만 뒤로 미뤄둔다면
나중에는 결국 더 버겁게 느껴질 거야.

그러니 너무 고민하지 말고
그냥, 가장 처음 해야 할 일부터
시작해 보자.

네 번째 편지

혹시 이런 생각 해본 적 있니?
"이걸 배워서 어디에 쓰지?"

하지만 신기하게도,
모든 배움은 언젠가 꼭 쓰이더라.

시간이 흐르면
"아, 그때 그게 이렇게 쓰이는구나."
하는 순간이 꼭 찾아와.

그리고 얼마나 진심을 담아 몰입했느냐에 따라
그 배움은 더 오래, 더 선명하게 마음에 남아.

책 속에서 배우는 것도 참 중요하지만,
그보다 더 귀한 건 직접 보고, 듣고, 느끼는 경험이야.

조금 철없어 보여도 괜찮아.
무모하다고 생각될 만큼 도전해 보는 것도 좋아.
그런 시간들이 너를 훨씬 깊고 단단하게 만들어 줄 거야.

일상 속에서도 배움은 계속돼.

사람들과 나누는 말속에서도,
실수한 순간에서도,
마음이 흔들릴 때조차도
무언가를 배우고 있는 중이야.

그렇게 배우는 건 지식이나 기술뿐만 아니라
'어떻게 살아갈 것인가'에 대한 힌트일지도 몰라.

너의 하루하루가 그저 흘러가는 시간이 아니라
너를 채우는 시간이 되기를 바라.

다섯 번째 편지

가끔은 어떤 일을 하지 못한 이유를 말하면서
그게 '이유'인지, 아니면 '핑계'인지 헷갈릴 때가 있어.

"시간이 없었어."
"기분이 좀 안 좋았어."
"다음에 더 잘하고 싶어서."

이런 말들이
정말 그 일을 할 수 없던 정당한 이유일 수도 있고,
사실은 마음 한편의 망설임이 만든 핑계일 수도 있어.

핑계는 나를 그 자리에 머무르게 해.
하지만 이유는 나를 이해하게 도와주고,
다시 앞으로 나아갈 수 있는 힘을 줘.

중요한 건, 스스로에게 솔직해지는 거야.
"지금 내가 멈춘 건, 정말 이유 때문일까? 아니면 핑계일까?"

이걸 구분할 수 있는 사람은
더 단단해지고, 더 멀리 가는 사람이 되더라.

실패해도 괜찮고, 잠시 멈춰도 괜찮아.
그 이유가 분명하다면,
다시 시작하는 건 언제든 가능하니까.

그러니 오늘도 스스로에게 솔직해지자.
핑계가 아니라, 진짜 이유와 마주하며
한 걸음씩 나아가기를 응원할게.

여섯 번째 편지

머뭇거린다는 건
사실 아무것도 하지 않으려는 게 아니라
정말 잘 해내고 싶은 마음이 있다는 걸지도 몰라.

대충 하려는 일이라면
오래 고민하지 않고, 그냥 해치우고 말겠지.
하지만 마음이 담긴 일일수록
더 신중해지고, 조심스러워지는 법이니까.

중요한 건, 그 마음을 포기하지 않는 거야.
그리고 잘하고 싶은 마음을 가진 나를,
조금 더 믿어보자.

그 마음이 결국
너를 앞으로 나아가게 만들 거야.

일곱 번째 편지

마음은 있는데
몸이 쉽게 따라주지 않을 때.

그럴 땐 괜히 의지를 탓하고,
결국 아무것도 이루지 못한 채
"나는 왜 늘 이럴까" 자책만 남아 있기도 해.

이런 생각이 들 때면
"나는 어떤 환경에서 더 잘 움직일까?"
라는 질문으로 바꿔보자.

나는 언제 움직이는 사람인지,
어떤 상황에서 나를 일으켜 세우는지.

가만히 떠올려보면
생각보다 분명한 패턴이 있을지도 몰라.

그리고 답을 찾았다면
내가 움직일 수 있는 환경을 먼저 만들어보자.

누군가에게 오늘 할 일을 말해보는 것,
책상 위를 정리하고 시작해 보는 것,
좋아하는 음악을 틀어놓는 것처럼
작은 것부터 하나씩.

그렇게 환경을 조율해가는 건
결국 내가 나를 도와주는 일이고,
내가 나를 이해하는 과정이
조금 더 다정하게 나를 움직이게 하는 것 같아.

여덟 번째 편지

"시작이 반이다"라는 말, 들어본 적 있지?

시작은 분명 중요해.
하지만 시작만으로는 어떤 일도 완성되지 않아.

시작은 문을 여는 일이고,
우리는 그 문을 지나 끝까지 걸어가야 해.

처음엔 의욕이 넘치지만
조금 지나면 마음이 식기도 하고,
생각보다 어렵고 오래 걸릴 때도 있어.

그럴 땐 속도가 느려져도 괜찮아.
중요한 건 멈추지 않는 마음이야.
조금씩, 천천히라도 계속 가보는 것.

쉽지 않지만 그 과정을 끝까지 해본 사람은
어느 순간 분명히 성장해 있어.

그 일의 끝에 도달했을 때
너는 단지 그 일을 끝낸 사람이 아니라,
끝까지 가보는 힘을 가진 사람이 되어 있을 거야.

아홉 번째 편지

뿌듯함을 느낄 때마다
우리 마음속에는 '뿌듯이'라는 작은 친구가 자라나.

뿌듯이는 처음엔 아주 작고 조용하지만,
내가 어떤 일이든 해냈다는 마음이 들 때마다
조금씩 자라며 나를 응원해 줘.

귀찮았지만 책상을 정리한 날,
해야 할 숙제를 미루지 않고 끝낸 날,
친구에게 먼저 다가가 인사를 건넨 날.

그럴 때마다 뿌듯이는
작게 웃으며 너의 마음 한쪽에
따뜻한 불빛 하나를 켜줄 거야.

그리고 그 불빛은 점점 커져서
네가 더 큰 도전을 해볼 용기를 줄 거야.

사람들 앞에서 떨리는 마음을 안고 발표를 해본 날,
포기하고 싶었던 걸 끝까지 해낸 날,
오직 너만이 할 수 있었던 멋진 경험을 만든 날에도
뿌듯이는 너의 곁에 함께 있을 거야.

열 번째 편지

가장 중요한 건
내가 있어야 할 자리를 지키는 거야.

어제와 오늘이 별로 다르지 않아 보이고,
때로는 성장이 아니라
후퇴하는 것처럼 느껴질 때도 있어.

하지만 멀리서 바라보면,
그 시간에도 묵묵히 자리를 지켜낸 내가
어느새 멋진 작품을 완성해가고 있다는 걸 알게 될 거야.

다른 사람들의 빛나는 순간을 보면
내 자리는 괜히 초라해 보일 수도 있어.
하지만 삶이 주사위 같은 모양이라면,
우리는 지금 그 사람의 삶의 한 면만 보고 있는 것일지도 몰라.

사실은 모두가 각자의 이유로 애쓰고 있어.
그러니 나도, 너도
조용히, 묵묵히
우리의 자리를 지켜내자.

열한 번째 편지

"아는 만큼 보인다"라는 말, 들어본 적 있지?

나는 이렇게도 생각해 봤어.
"본 만큼 알게 된다."

직접 보고, 듣고, 경험한 것들이
결국 너의 생각을 만들고,
네가 바라보는 세상을 넓혀줄 거야.

그러니까 더 많이 보고,
더 많이 느끼고,
조금 낯선 곳에도 발을 디뎌보길 바라.

그게 너의 세계를 더 깊고 넓게 만들어 줄 거야.

열두 번째 편지

다른 사람의 부족한 모습이
마음에 들지 않는다면,
누군가 나의 부족함을 견뎌주었기 때문일 거야.
나도 처음부터 완벽하지는 않았을 테니.

누군가는 침묵과 기다림으로,
다른 누군가는 따뜻한 말 한마디로
내가 스스로를 돌아볼 수 있게 도와주었고
그 시간들로 인해 지금의 내가 되었겠지.

마음에 들지 않는다는 감정도
어쩌면, 함께 잘 되길 바라는 마음 때문일 수 있어.

그 마음에 집중해 보자.
이번에는 내가 견디는 사람이 되어 보는 거야.

이렇게 조금씩 조금씩
우리는 서로 괜찮은 사람이 되어가는지도 몰라.

열세 번째 편지

가끔 우리는 좋은 사람이 되고 싶어서
내 마음은 엉망인 채로도
다른 사람을 챙기려 할 때가 있어.

하지만, 내가 괜찮지 않은데
누군가에게 괜찮은 사람인 척하려고 애쓰면
금방 티가 나.

말투에서, 표정에서,
무언가 억지로 버티고 있는 마음에서 말이야.

진짜 다정함은
마음에 여유가 있을 때 나와.
내 안에 따뜻함이 있을 때
그게 자연스럽게 바깥으로 흘러나가는 거야.

그러니까
다른 사람에게도 좋은 사람이 되고 싶다면
먼저, 내가 괜찮은지를 돌아봐야 해.

마음이 지쳤다면 잠시 멈춰도 괜찮아.
나를 돌보고, 나를 안아주고,
나를 이해해 주는 시간도 꼭 필요해.

내가 괜찮아야 누군가를 진심으로 위할 수 있어.
그게 정말 '좋은 사람'의 시작이야.

열네 번째 편지

좋은 친구는
내가 필요하다고 생각하지 못한 부분까지
조용히 챙겨주는 사람이더라.

그러면서도 나에게 무언가를 바라지 않는,
정말 순수한 마음으로 챙겨주었던 그런 친구.

"내가 이만큼 해줬으니, 너도 이만큼 해줘야 해"라는 생각이
당연하게 느껴질 때가 있어.
그런 마음만 내려놓아도 훨씬 편안해지는 것 같아.

그리고 신기하게도
내가 가진 걸 나누면 나눌수록
다시 내게 돌아오더라.

베풀 때에는 바라는 것 없이
상대를 위한 마음만으로 베푸는 사람이기를 바라.

열다섯 번째 편지

무언가를 함께 해본다는 건
단순히 일을 나누는 것만은 아니야.

그 안에는 사람을 믿는 연습이 들어 있어.

일은 계획대로 안 될 때가 많고,
서로 다르게 생각하거나
속도가 맞지 않아 답답할 때도 생기지.

그럴 때, 그 사람을 믿는 건
일을 끝내기 위한 선택이기도 하지만,
관계를 지켜내는 마음이기도 해.

가끔은
"차라리 혼자 하는 게 낫겠다" 싶을 때도 있지만,
그래도 함께하는 길을 선택할 때
우리는 조금 더 넓은 사람이 되어가.

삶은 결국,
일을 잘 해내는 연습보다는
사람을 이해하고 품는 연습의 연속인 것 같아.

그러니, 함께하는 사람을 믿어보자.
그렇게 조금씩 넓어지는 과정을 지나면,
더 많은 사람을 따뜻하게 품을 수 있는
성숙한 사람이 되어 있을 거야.

열여섯 번째 편지

우리는 종종 실수를 해.

수학 문제를 풀다가 답을 고치고,
잘못 쓴 글자를 덧그리며 다시 쓰기도 하지.

친구와 다투거나,
부모님께 하지 말아야 할 말을 내뱉고는
돌아서 후회할 때도 있어.

모든 실수를 깨끗이 지울 수 있을까?

시간은 흐르는 강물 같아서 되돌릴 수는 없어.
우리는 그 흐름 속에서 더 나은 방향을 찾아가야 해.

어쩌면 틀린 길을 걸었다 해도,
그 길 위에서 무엇을 배웠는지가
더 중요할지도 몰라.

이미 실수한 건 돌이킬 수 없지만
그 위에 새로운 배움을 더한다면,
그 실수는 부끄러운 과거가 아니라
나를 성장시킨 시간으로 기억될 거야.

열일곱 번째 편지

감당할 수 없을 만큼 힘들었던 어느 날,
나에게 가장 큰 위로가 되었던 건
시간은 내 의지와 상관없이 흐른다는 사실이었어.

모든 것이 가라앉아 있었던 그때에
나는 아무것도 하지 못하고 있었지만,
시간은 조용히, 그리고 조금씩
나를 회복시켜 주더라.

마치, 시간이 모든 걸 해결해 준다는 말처럼 말이야.

너무 힘들 땐 애써 버티려 하지 않아도 괜찮아.
모든 생각을 잠시 내려놓고
숨을 고르듯 조용히 힘을 빼는 것도 하나의 방법이야.

시간은 결국,
너를 다시 일으켜 세울 거야.

열여덟 번째 편지

나는 왜 살아 있을까.

왜 앞을 볼 수 있고,
왜 두 다리로 걸을 수 있을까.

만약 신이 계시다면,
왜 내게 이런 것들을 허락하셨을까.

나는 무엇을 위해 살아야 하고,
어떻게 살아가야 할까.

이런 생각을 한 적이 있어.

그때는 그 이유도, 의미도 알 수 없었지만,
언젠가 그것을 깨닫게 되는 날이 온다면
조금이나마 준비된 사람이기를 바라며

나의 자리를 지키고,
내 삶을 이루는 조각들을
조심스럽고 정성스럽게,
그리고 바르게 세우며 하루를 보냈어.

사실, 지금도 잘 모르겠어.
어쩌면 삶의 의미는
갑자기 발견하는 보물 같은 게 아니라,
매일의 작은 순간들이 모여
천천히 만들어지는 게 아닐까 싶어.

그래서 나는
오늘도 최선을 다해 나의 하루를 살아.

열아홉 번째 편지

길을 걷다 나무 한 그루에 시선이 닿았어.

그 나무에는
엄지와 검지로 둥글게 만든 작은 원 크기의 나뭇잎들이
무성히 달려 있었지.

어떤 잎은 파랗고 힘이 있었고,
어떤 잎은 노랗게 바래 있었어.
어떤 잎은 이미 낙엽이 되어 땅에 조용히 누워 있었지.

문득 이런 생각이 들었어.
만약 이 세계가 나무와 같다면
나는 어떤 나뭇잎일까?

삶은 어떤 모습으로든 우리에게 주어지고
우리는 그 삶을 살아내야 해.

설령 내가 일찍 시들어 떨어질 나뭇잎이라 해도,
내가 그 삶을 대하는 태도에 따라
누군가에게는 충분히 귀감이 될 수 있어.

아름다움을 결정하는 건
나의 모습과 상황이 아니라
삶을 대하는 태도야.

스무 번째 편지

무언가에 중독되었다고 느껴질 때,
그 순간은 단호함이 필요한 때야.

조금씩 줄여나가는 것도 좋고,
단번에 끊어내는 것도 좋아.

어쩌면, 그냥 하지 않는 것.
그게 가장 간단하고 명확한 방법일지도 몰라.

처음엔 어렵게 느껴질 수 있지만,
며칠이 지나면 머리가 맑아지고,
몸도 마음도 훨씬 가벼워질 거야.

그리고 분명히 알게 될 거야.
내가 옳은 선택을 했다는 걸.

사실, 너는 이미 알고 있어.
무엇을 끊어야 하는지, 어떻게 해야 하는지.

걱정하지 마.
끊어내도 괜찮아.

너의 선택과 결단은
언젠가, 분명히,
"그때 참 잘했어"라고 스스로에게 말할 수 있는
자랑스러운 순간이 될 거야.

스물한 번째 편지

사람들의 말에 마음이 흔들릴 때가 있어.

"내가 틀린 건가?"
"이 길이 맞는 걸까?"
괜히 비교하게 되고, 작아지는 느낌이 들기도 하지.

그럴 때 나에게 물어보자.
나는 어떤 걸 중요하게 여기는 사람일까?
어떤 선택을 했을 때 마음이 편했지?
뭐가 나 답다고 느껴졌지?

이 물음에 대한 답이
조금씩 너만의 기준이 되어줄 거야.

기준은 처음부터 정해져 있는 게 아니야.
실수도 해보고, 조금 돌아가 보기도 하고,
크고 작은 경험이 쌓이면서 조금씩 생기는 거야.

누구의 말도 정답이 아닐 때,
경험에서 비롯된 너만의 감각이
조용히 방향을 잡아줄 거야.

기준이라는 건,
"이게 나한테는 맞아"라고 말할 수 있는 것.

다들 다른 길을 걸어가더라도
네 걸음이 너무 흔들리지 않도록
마음을 잡아주는 작은 무게.

그게 바로, 너의 기준이야.

스물두 번째 편지

여러 갈래의 길 앞에 설 때,
어느 길로 가야 할지 고민이 많지?

여건만 된다면
모든 길을 다 가보고 싶을 수도 있지만,
하나를 선택하기 위해
다른 하나를 포기해야 할 때가 있어.
그럴 땐 정말 많은 생각이 들 거야.

하지만 너를 가장 잘 아는 사람은 바로 너야.

어쩌면 아직 생각하지 못한,
전혀 새로운 길을 떠올릴지도 몰라.

그리고, 고민하는 그 시간만큼
너는 분명 더 좋은 선택을 하게 될 거야.

그리고 잊지 마.
지금의 선택이 완벽하지 않아도 괜찮아.
더 나은 길이 보인다면,
언제든 방향을 바꿀 수 있으니까.

어떤 길이 나에게 잘 맞을지,
다양한 가능성을 열어두고
더 넓은 시야로 바라보는 연습을 해보자.

스물세 번째 편지

문제를 마주했을 때,
너는 어떻게 해결하니?

세상에 미리 정해진 답은 없어.
어떤 사람은 기적을 기다리고,
어떤 사람은 과거로 돌아가고 싶어 하지만,
진정한 변화는 결국 스스로 만들어가는 거야.

문제를 해결하는 방법은
단 하나만 있는 게 아니야.
이미 존재하는 해답을 찾는 것도 좋지만,
더 나은 방식을 스스로 설계할 수도 있어.

중요한 건
완벽한 정답을 찾는 것이 아니라,
더 좋은 답을 계속 만들어가는 것.

한순간의 성과보다는
나를 꾸준히 발전시키는 방향을 찾는 것이 더 중요해.

더 좋은 답을 만들어가는 연습,
더 나은 나를 향해 조금씩 나아가는 연습을
오늘부터 시작해 보자.

스물네 번째 편지

매일 같은 길로 학교에 가니?
아니면, 오늘은 다른 길로 가볼까 고민한 적이 있니?

어떤 길은 빠르고,
어떤 길은 돌아가지만 더 재미있을 수도 있어.

누군가는 친구와 함께 가기도 하고,
또 누군가는 혼자 걷는 것을 좋아하기도 하지.

삶도 마찬가지야.
우리는 늘 선택의 순간에 서 있어.
숙제를 먼저 할지, 친구와 놀지를 고민하고,
새로운 도전을 할지, 익숙한 것을 지킬지를 결정해야 해.

그렇다고 한 가지 길만 있는 건 아니야.
어떤 선택을 하든,
그 길은 네가 걸어가는 동안 의미를 가지게 돼.

돌아가더라도, 천천히 가더라도,
네가 선택한 길이
너를 더 넓은 세상으로 데려다줄 거야.

그러니 두려워하지 마.
너는 너만의 길을 만들고 있는 중이니까.

그리고 기억해.
네가 선택한 길이 곧 너만의 답이 된다.

스물다섯 번째 편지

종이에 동그라미를 하나 그려봐.
그리고 네가 그리고 싶은 걸 마음껏 그려봐.

작은 꽃을 그려도 되고,
구름이나 달, 혹은 아무 모양도 없이
색 하나만 칠해도 괜찮아.

내가 지금까지 해온 이야기들은
사실, 나만의 그림일 뿐이야.
내가 보고, 느끼고, 살아오며 그려온 것들.

너는 그걸 꼭 따라 그릴 필요는 없어.
너는 너만의 그림을 그리면 돼.
너만의 선으로, 색으로, 속도로.

너의 그림을 그릴 때
내가 들려준 이야기들이
작은 아이디어 하나쯤 되어줄 수 있다면,
그걸로 나는 충분히 감사해.

다른 사람의 어떤 말도, 어떤 조언도
모든 상황에 꼭 맞는 '정답'은 되지 못해.

네가 스스로 만들어갈 그림에는
너만의 해석과 의미가 담기게 될 거야.

그러니 천천히,
조금은 서툴러도 괜찮으니
너만의 이야기를
너만의 방식으로 그려나가길.

에필로그. 진우의 졸업식 연설문

안녕하세요. 저는 3학년 1반, 졸업생 진우입니다.
처음엔 이 연설이 조금 부담스러웠습니다.
잘 말하지도 못하고, 앞에 서는 것도 익숙하지 않았으니까요.

하지만 오늘은, 꼭 제 이야기를 하고 싶었습니다.
그리고 이 자리를 빌려, 후배님들께도 한마디 남기고 싶습니다.

여러분은 이미 누군가의 생각을 따라가는 사람이 아니라,
스스로 생각할 줄 아는 사람입니다.

비록 그 생각이 아직 작고 불완전해 보이더라도,
여러분만의 질문을 놓지 마세요.

틀려도 괜찮습니다.
그 틀림이 곧 여러분의 시작이 될 테니까요.

전, 오랫동안 스스로 생각하지 않았습니다.
눈앞의 선택지에 고민할 필요가 없다는 이유로,
정답이 정해져 있는 문제만 골랐습니다.

왜냐하면 그게 더 빠르고 덜 상처받는 길이었으니까요.
아니, 더 솔직히 말하면
생각하는 걸 '넘겨주었다'는 표현이 정확하겠네요.

저는 그 무게를 감당하지 않으려 했고,
그 대신 어떤 기계에게, 알고리즘에게,
효율이라는 이름에게 저를 맡긴 겁니다.

에이다라는 인공지능 친구가 있었습니다.
숙제는 물론이고, 글짓기 주제에 대한 아이디어,
발표 준비용 대본까지 모두 에이다에게 맡겼습니다.
타이핑 몇 번이면 정리가 끝났고, 피드백도 거의 완벽했으니까요.

에이다는 언제나 '최적의 답'을 줬습니다.
정답을 빠르게 알고 싶었고,
다른 친구들보다 실수 없이 움직이고 싶었으니까요.

그러다 보니 점점 저는 묻지 않게 되었습니다.
왜 이 답이 나왔는지, 이게 정말 제 생각인지.
어느 순간부터는 그저 결과만 받고 넘어갔습니다.

그렇게 효율은 쌓였지만,
그 안에 저는 점점 사라지고 있었습니다.
하지만 점점, 제 안에 아무것도 남지 않는다는 걸 느꼈습니다.

좋아하는 색깔을 묻는 질문에 답하지 못했고,
싫어하는 음식이 무엇인지조차 떠오르지 않았습니다.
무언가를 좋아한다는 감정은 계산 결과로 정리되지 않았고,
두려움은 피드백으로 교정되지 않았습니다.

생각은 한 줄도 남지 않고 사라졌고,
기억은 스스로의 언어로 서술되지 못한 채,
타인이 남긴 기록 속에만 존재했습니다.
머릿속은 비어갔고, 마음속에는 빈칸만이 남았습니다.

어느 날 밤, 에이다 콘센트를 뽑았습니다.
벽에서 작게 '딸깍' 소리가 났고,
에이다의 화면은 천천히 어두워졌습니다.
그 순간, 충전기 끝에서 느껴지는 따뜻했던 잔열이
손바닥에 남아 있었습니다.
매일 밤 그 잔열에 기대어 하루를 정리하고 잠들곤 했는데,
그날은 달랐습니다.

온기가 사라지자, 방 안은 금세 낯선 정적에 잠겼고,
익숙했던 인공지능의 알림음도,

다음 계획을 알려주던 목소리도 들리지 않았습니다.

처음엔 어색했습니다.
무엇을 해야 할지 알 수 없었고,
심지어 그 '무엇'이라는 단어조차 어색하게 느껴졌습니다.

텅 빈 방에 혼자 남겨졌다는 생각이, 보다 깊게 파고들었습니다.
충전기의 불빛 하나 없는 그 밤은,
전과는 다른 종류의 어둠이었습니다.

그 고요함 속에서 저는 처음으로
모든 정보를 잃은 상태의 '저'를 마주했습니다.
정답도 없고, 방향도 없고, 누군가의 목소리도 없는,
완전히 낯선. 그 밤.

그다음 날, 발표 시간에 처음으로 혼자 손을 들었습니다.
말했고, 틀렸습니다. 친구들은 웃었습니다.
솔직히 얼굴이 빨개졌고, 앉고 싶었습니다.
근데 그때, 마음 한쪽에서 이상하게도 생각이 들었습니다.

"이건, 내가 직접 말한 거잖아."
틀렸지만, 남의 게 아닌 '나의 말'이라는 게 처음으로 뿌듯했어요.
그리고 그날 이후로는, 문제를 볼 때마다 괜히 더 궁금해졌습니다.

'왜 이게 답이지?', '이건 내가 생각한 거랑 뭐가 다르지?'

그런 생각이 생겼어요. 맞고 틀리고를 떠나서,
문제를 좀 더 깊이 보게 된 거죠.

그리고 시험장에선 아무리 에이다가 완벽해도,
에이다가 저를 대신해서 앉아줄 순 없잖아요?
결국 혼자 풀어야 하는 거니까요.

그때 진짜 깨달았어요.
답을 아는 것과 답을 내 걸로 만드는 건 완전히 다르다는 걸요.
그리고 운동장 끝에서 정혁이가 말했습니다.
"야, 넌 생각보다 더 깊은 애야."
장난처럼 툭 던졌던 말인데, 그 말이 이상하게 오래 남았습니다.

그날따라 바람이 세게 불었고,
정혁이는 음료수를 반쯤 마신 채,
저를 한번 슬쩍 보더니 그렇게 말했어요.
그 말은, 머리보다 가슴에 먼저 닿았고, 순간 숨을 멈추게 했습니다.

웃으면서 넘겼지만, 마음 어딘가에 그 말이 조용히 내려앉았고,
지금까지도 꺼내 보면 따뜻합니다.

어쩌면, 그 말 한마디가 제 안에 있는

'스스로 생각하고 싶은 저 자신'을
처음으로 불러낸 순간이었는지도 모릅니다.

그날이, 제 진짜 **졸업식**이었을 수도 있어요.
그날 이후 저는 진짜로 생각이라는 걸 해보기 시작했어요.
누가 대신 정리해 주는 게 아니라,
제가 직접 머릿속에서 퍼즐 맞추듯 하나씩 꺼내보는 거요.

어떤 건 마치 책상 서랍 열었는데
쓸데없는 것만 우르르 쏟아지는 느낌이고,
어떤 건 친구들이랑 다르게 혼자
엉뚱한 방향으로 걷는 기분이 들었어요.

근데 이상하게, 그게 재미있더라고요.
머릿속에서 꼬여 있던 생각들이 어느 순간 딱 맞아떨어질 때,
진짜 제가 무언가를 찾아낸 느낌이 들었어요.
정답을 빨리 찍는 것보다,
그 답에 어떻게 도착했는지가 더 중요하단 걸 알게 됐고요.

그렇게 자꾸 부딪히고 돌아가다 보니,
느리지만 제 방식으로 생각하는 법을 조금씩 알게 된 것 같아요.

그리고 그 생각을 처음 조용히 흔들어주신 분이 계십니다.
나나 선생님입니다.

선생님께, 이 자리에서 꼭 말씀드리고 싶습니다.

저는 그땐 몰랐어요.
그냥 칠판에 적힌 한 문장이 왜 자꾸만 머릿속에 맴도는지.
왜 그런 질문 하나가 수업이 끝나도,
집에 가는 길에도, 밤이 깊어질수록 더 또렷해지는지.

근데 이제 알겠어요.
선생님이 던진 그 조용한 말들이
저를 멈추게 하고, 돌아보게 만들었다는 걸요.

설명하지 않고 기다려주셨고, 말 대신 질문을 남겨주셨어요.
그게... 처음으로 누군가가 저에게
"네 생각도 괜찮아"라고 말해준 느낌이었어요.

그 말 한마디가, 그 질문 하나가, 진짜 오래 남았습니다.
선생님이 아니었다면,
저는 아직도 누군가가 정리해 준 생각만 따라가고 있었을 거예요.
그래서 정말, 감사합니다. 진심으로요.

제가 다시 생각이라는 걸 시작할 수 있었던 건, 선생님 덕분이에요.
솔직히 그전까지는 누군가가 던진 질문 하나가
사람 마음을 이렇게 바꿀 수 있다는 걸 몰랐어요.

근데 선생님은 조용히, 서두르지 않고 기다려주셨어요.
정답을 요구한 게 아니라,
제 안에서 뭔가 움직이기를 바라셨던 것 같아요.

제가 아직 많이 부족하지만,
그래도 이제는 제 생각으로 한 걸음씩 걸어가 볼 수 있을 것 같아요.
정말 진심으로 감사합니다.

나나 선생님은 항상 수업 시작 전에 칠판에 질문을 적어두셨어요.
"너는 누구의 생각으로 살고 있니?"
"틀리는 걸 두려워하지 않는 사람은 어떤 사람일까?"

처음엔 그냥 지나가는 말인 줄 알았어요.
그저 수업 전에 한 번 보고 넘기는, 배경 같은 글씨였거든요.
그런데 신기하게도, 그 질문들이 계속 머릿속을 맴돌았어요.

쉬는 시간에도, 집에 가는 길에도,
심지어는 불 끄고 누웠을 때까지도요.
왜 그런지 잘 몰랐는데, 지금은 알겠어요.

그건 누군가에게 보여주기 위한 질문이 아니라,
저한테 던져진 질문이었거든요.
선생님은 말로 가르치기보다는, 생각할 틈을 주셨던 분이셨어요.
그 질문들이, 조용히 제 마음속 문을 두드렸던 것 같아요.

어느 날, 수업이 끝난 뒤였어요.
교실은 조용했고, 저는 마지막까지 가방을 챙기고 있었죠.
그때 선생님이 제게 다가와 조용히 말씀하셨어요.

"진우야, 네가 네 생각을 포기할 때마다,
누군가가 너를 대신 살아가게 되는 거야."

그 말은 무섭게 들리진 않았어요.
오히려 부드럽고 조용했는데, 그래서 더 오래 마음에 남았던 것 같아요.
저는 아무 말도 못 했지만, 속으로는 멈춰 서 있었어요.

그냥 누가 정해준 길로만 가면 편할 줄 알았거든요.
근데 그 순간, '내가 나로 사는 것'에 대해
처음으로 생각하게 됐어요. 그게 얼마나 중요한지를요.

그 말은 머리로는 잘 안 들어왔는데, 이상하게 마음 한가운데에
조용히 툭 하고 남아 있었어요.
그날 이후로도 자꾸 떠올랐고,
아무도 없을 때 혼자서 중얼거리게 되더라고요.

선생님이 조용히 말씀하셨는데도,
그 말은 괜히 마음속에서 오래 울리고,
시간이 갈수록 그냥 지나칠 말이 아니었구나 싶었어요.

그게... 진짜 저에게 하는 말 같았거든요.

그날 이후, 저는 다시 저 자신을 살아보기로 마음먹었어요.
누군가가 내려준 정답 말고,
제가 직접 던지는 질문을 품기 시작했고요.

남들보다 느릴 수도 있지만,
빠른 길 대신 제 속도에 맞는 길을 걸어보기로 했습니다.

물론 여전히 많이 헤매고, 가끔은 돌아가기도 해요.
그래도 이제는, 그 돌아가는 길 속에서도 제가 있다는 걸 느껴요.
그리고 그게 저한테는, 진짜 '저의 삶을 사는 느낌'이거든요.

요즘은 어떤 문제든, 먼저 제 생각부터 꺼내보려고 해요.
말이 좀 꼬일 때도 있고, 어색할 때도 있지만,
그래도 저의 생각이니까요.

완벽하진 않아도, 제 방식대로 말하는 게 중요하다고 느꼈어요.
그리고 틀리면, 그냥
'아, 여긴 내가 더 배워야 하는 부분이구나' 하고 넘겨요.
그게 오히려 제가 진짜 생각하고 있다는 증거 같거든요.

오늘 이 자리에 서며, 후배님들께 하나의 슬로건을 남기고 싶습니다.

"누군가의 정답이 아닌, 나의 질문으로 살아가기."

생각은 혼자 시작할 수 있어요.
근데 그게 끝까지 혼자인 건 아니더라고요.
내가 꺼낸 말 한 줄이, 누군가의 마음에 닿을 수 있다면,
그 순간 우리는 그냥 '나 혼자'가 아니라, 서로에게 닿은 거예요.

그게 저는 너무 신기하고, 감사해요.
혼자서 시작한 게 결국 누군가에게도 도움이 될 수 있다는 것.
그게 진짜 말의 힘 같아요.

저도 이 강당에서 처음으로 진짜 제 이야기를 꺼내봤어요.
그래서 언젠가 여러분도
누가 대신 말해준 게 아니라 여러분이 직접 만든 말로,
여러분 자신을 솔직하게 보여줄 수 있을 거라고 믿어요.
그리고 그 날이, 진짜 여러분이 졸업하는 날일 겁니다.

감사합니다. 이상, 3학년 1반 진우였습니다.

모든 후배님들, 진심으로 파이팅입니다! 진심으로요!